DAL MONDO

Maurizio Braucci

Una barca di uomini perfetti

edizioni e/o

Dello stesso autore
presso le nostre edizioni:

Il mare guasto

Via Camozzi, 1 – 00195 Roma
info@edizionieo.it
www.edizionieo.it

Grafica/Emanuele Ragnisco
per Mekkanografici Associati

In copertina:
Work in progress, olio su lino
di Ryan Mendoza
per gentile concessione dell'Autore
(foto di Luciano Pedicini/Napoli)

ISBN 88-7641-591-2

a Fortuna, alla lotta

Una barca di uomini perfetti

La lezione fondamentale che dobbiamo trarre da questo avvenimento è che, in condizioni difficili, è molto meglio trovarsi al largo, lontano dalla terra, in mare aperto, dove, purché la barca sia ben costruita e non intralciata dall'elemento umano, avrà le migliori probabilità di uscirne indenne senza gravi avarie.

Dal rapporto del sottocomitato del R.O.R.C. sulla burrasca nella Manica del 29 luglio 1956.

La barca andava come una prodezza sull'acqua, il vento la trascinava senza dare a vedere. Era come una lancetta dei secondi sul quadro del tempo, teneva un'andatura di bolina, manovrando nella corrente che nasceva dal sole, alto sul versante sinistro. L'equipaggio sembrava di scimmie, pitecantropi che armeggiavano tra le sartie, con le cime prese e riprese dal tappeto di vetroresina che bordeggiava sul mare tranquillo.

Gianni, a prua, sotto il fiocco teso, stava preparando la manovra insieme ai due ragazzi, mentre Nino, a poppa, fissava Laura al timone e caricava una battuta per dileggiarla, la cercava in quella espressione asserragliata al sole. Non aveva voluto indossare la cerata lui, fino a prima li aveva derisi per le enormi misure e i colori acidi delle tenute impermeabili, ora taceva, la sigaretta contesa tra i polmoni e il vento. Aveva 14 anni il merlo, veniva dal basso della città alle loro spalle, veniva con i suoi due amici da lì e, sul mare, oggi, Gianni e Laura li avevano portati in gita.

Laura era al timone, scivolandole sui lobi e sui capelli, gli incitamenti dei tre prodieri correvano nel vento, oltre la poppa;

dal pozzetto di comando, seduto a fumare, Nino la osservava e lei, rivolta a sud-ovest, errava con la mente: la fuga dal dolore della bella ragazza. Gianni ne era innamorato e certo mentre parlava ad Alfredo e a Giuseppe una parte di sé era per Laura, come uno squadro che gli tracciasse i pensieri. Alfredo abbondava di domande, aveva sempre paura, qualunque cosa facesse il terrore restava in agguato, a volte prevaleva l'entusiasmo, niente di più, avvolto nell'incerata gialla si sentiva importante, con l'immaginazione era salito a bordo della nave di qualche pirata dei Mari del Sud. Giuseppe ammirava senza parlare, tirava solo le fila di qualche sua conclusione ogni tanto, riassumeva la frase di Gianni e magari si inoltrava più in là di sei sillabe: era un duro.

Nel Golfo rubicondo a cui la città dava le spalle, la barca traversava il paesaggio dominato dalla solennità del vulcano, bande smontate da cavallo lo attorniavano implorando la sua potenza di capo e il suo giudizio.

«Lo conosci Peppino?» chiese Nino a Laura.

«Peppino chi?».

«Peppino... il figlio del salumiere».

«Sì, e allora?» si insospettì la ragazza.

«E allora sei la 'uallera sua!» e rise perché aveva trovato la battuta da farle.

Lei brontolò scuotendo la testa, era inevitabile cadere in quei giochi, la 'uallera provò a immaginarsela, con le venature sulla pelle granulosa ed elastica che custodiva i testicoli. Anche da lontano l'emissione di lotta arrivava a segno, persino là, tra le onde, i ragazzi erano immersi nella frequenza quotidiana, la riproducevano da sé stessi, dai toraci in crescita fuoriuscivano le solite tensioni. Gianni ritornò rapido nel pozzetto, fece segno a Nino di spostarsi e, mentre gli altri due ragazzi restavano a prua in attesa del comando, preparò le scotte per la virata. Voleva mettersi con un'andatura portante, ruotare nel vento e allontanarsi dalla costa, mostrare ai ragazzi la velocità puntando a sud-est, verso il braccio meridionale del golfo.

«Al mio via!» gridò e quelli avanti si schiacciarono contro l'albero, attenti a non imbrigliarsi nelle cime.

«Via!» e mollò la scotta mentre Laura tirava a sé il timone. La randa passò subito ma, a prua, il fiocco prese a frustare l'aria, sventolando sulle onde, Alfredo e Giuseppe si precipitarono a liberarlo finché poté essere richiamato sottovento dal tiro di Gianni. La barca indugiò sul battito del mare e poi, volenterosa, si posò verso sud-est, ricevendo il vento al traverso, diretta al largo.

«Bene così!» urlò ancora il capitano. «Adesso tutti sopravvento!».

«Dove sarebbe?» chiese Nino seriamente.

«Sarebbe di qua!» lo tirò a sé Laura, sistemandolo in modo che non le ostacolasse il gioco del timone che ora aveva cambiato puntamento.

I due prodieri, saltando tra appigli improbabili, tornarono pure loro nel pozzo di manovra e furono piazzati da Gianni sulla destra, stipati gli uni agli altri. Giuseppe si incantò a fissare la ragazza, a bocca aperta, meravigliato della sua competenza nella navigazione.

La barca prendeva sempre più velocità, si inclinò, mura a dritta, con l'equipaggio disposto in modo da fare da contrappeso: Nino (terrorizzato) Alfredo (sbiancato) Giuseppe (impietrito) Gianni e Laura (godendosi la piccola vendetta nei confronti di quei soliti scalmanati).

«State sempre attenti alla testa!» suggerì Gianni mentre cazzava la scotta della randa sopra di loro. Il vento batteva più impetuoso ora, Laura indicò ai tre ragazzi le peripezie delle filacce lungo la vela maestra e la scia della poppa che aveva preso a diventare più corposa e, a tratti, a ribollire. Alfredo teneva lo sguardo sul capitano che si dava a riordinare le cime sparse, era ammirato e ne aveva bisogno per controllare la paura nelle gambe serrate. Giuseppe e Nino lo indicarono, sghignazzando tra loro, «È sbiancato!» rise Nino, ma quando d'un tratto la barca ebbe un improvviso rollio, sobbalzò anche lui e si tenne con un lamento ai cavi del recinto della battagliola.

«Ci capottiamo o no?» chiese Giuseppe impaurito.

«Ci capottiamo domani!» lo sfotté Gianni. «State in mano all'arte, come sempre».

«A quanto andiamo?».

«Qui non c'è lo speedometro, ma staremo sui quattro o cinque nodi circa».

«All'ora?» esclamò Nino.

«All'anno!» aggiunse Laura e poi, strizzando l'occhio, gli propose di venire al timone ma il ragazzo rifiutò per non spostarsi da dove si era rincantucciato. Invece si fece avanti Alfredo, accostatosi a lei, ne imitò i movimenti e i piccoli colpi di barra per mantenere l'andatura, fino a ritrovarsi al governo dell'imbarcazione. Ogni tanto avvicinava troppo la prua al vento, al fileggiare delle vele seguiva subito il rimprovero di Gianni, e Laura, divertita, correggeva di nuovo la rotta. Tutt'intorno, crestate di riflessi, le acque erano di un azzurro quieto e gorgogliavano sotto la barca in una spuma allegra.

«Dove andiamo?» volle sapere Giuseppe.

«Col vento!» giocò Gianni.

«E dove ci porta questo vento?» si informò Nino.

«Fuori, là in mezzo!».

«E gli squali li vediamo?» Alfredo ormai faceva solo da comparsa al timone.

«Perché ti interessano gli squali?».

«Perché così può vedere suo padre e lo saluta!» si intromise Giuseppe.

«Tua madre!» smorfieggiò l'interessato.

Osservando la tenuta della barca, Gianni ogni tanto si rivolgeva a Laura e le faceva notare una sartia da tendere o altro da cambiare, lei, soprappensiero, si limitava ad annuire. Era presa a osservare i tre pestiferi, valutava le loro reazioni in quella situazione, oscillando tra speranza e profonda rassegnazione di vederli o meno capaci di una piccola, potenziale, trasformazione. Come sono Giuseppe, Alfredo e Nino? Sono ragazzi, nati e cresciuti alle condizioni di una città, sono degli arrabbiati metropolitani, con gli accenti e i propositi del loro ambiente, catalogati e inseriti nelle varie tappe ascendenti del disagio: prima vittime, poi carnefici. Ma davvero si può sempre fare qualcosa per quello che la società ha fatto a una persona? Servirà? No, non servirà!... Sì, forse... Dipende.

Tu pensi che ogni essere raggiunga, fino all'inverosimile, un certo equilibrio anche nel più grande caos... È una tendenza dei corpi, delle energie, dei sottili funzionamenti delle cellule. E metti che, per preservare il proprio, fragile equilibrio, quest'essere ti impedisca qualunque interferenza, anche la più benevola. Accade, allora, che in lui scattano resistenze pure all'aiuto che ti sei proposta di dargli. Pensavi non aspettasse altro che una come te, che ti lasciasse entrare nel suo scompiglio a fare ordine solo perché desideravi mettere le mani nelle cose guaste, nei cuori spezzati, per placarti qualcosa dentro. E invece la tua cieca inquietudine ti ha fatto intrappolare tra le porte di un ascensore che volevi prendere per salire più in alto degli altri che consideri egoisti e ignobili, per sollevarti oltre un senso di colpa che ti fischia nelle orecchie. Bel risultato, invece, essere trascinata come un giocattolo su tutti i piani dell'emotività di chi non capisce, diventare un'ombra dentro la foschia di una mente su cui sono calate la paura, la sofferenza e la noia. Ritrovarsi a essere il suo bersaglio prediletto, perché non sei come lui, non sei contro di lui, però sei lì, a portata di mano. Ecco che la tua intenzione (benevola, sì, te lo riconosco!) ti si ritorce contro, ti trafigge e allora provi dolore, ti senti disorientata, scopri che anche tu sei un essere che ha bisogno di equilibrio, di incoraggiamento, di amore. A quel punto desideri solo fermare tutto e scendere, magari inizi a pensare che gli altri, gli ignobili, gli egoisti, in fondo non avevano tutti i torti a starsene lontani da questioni come quelle che tu hai voluto affrontare. Ed è tra di essi, poi, che ti rifugi, nelle loro case ordinate, nei loro modi lineari, qui ti senti al sicuro, via, via, sempre di più. Ma se sei fortunata, capita che una sera, mentre li senti parlare, mentre ne ascolti le riflessioni, dopo che hai assaporato il tempo che amano vivere, cominci a rimpiangere quell'inferno in cui stavi e ti auguri che anche loro subiscano un giorno il tuo stesso battesimo di fuoco. Perché non c'è un ricco senza un povero, non c'è uno sfruttato senza uno sfruttatore, perché dimenticando i legami tra le condizioni delle cose è il male che s'ingrassa. Però, tu, adesso, Laura, dove andrai? C'è un aspetto che ti sfugge mentre rifletti, ed è: tu, adesso, dove andrai?

Gianni la richiamò dai suoi pensieri, indicandole una massa di nuvole che si affacciavano da nord-ovest, un cerchio concentrico di scurame dall'altra parte del golfo.

«Ci metteranno un bel po' per coprire il cielo, a meno che il vento non le disperda prima» chiarì il capitano. «Invece potremmo prendere i panini, no ragazzi?». E tutti e tre acconsentirono festosi, perché il pane richiamava la terra e attenuava lo stupore e la distanza.

Nino aveva in mente il piano già dall'inizio, da quando si erano preparati sul molo. Adesso, mangiando, con le vele più piatte e lo sbandamento attenuato, poteva osservare meglio la mano della ragazza sul timone. Si trattava di un anello d'oro vecchio, legato di recente con un opale chiaro come la luna, bello troppo per i suoi occhi da gazza. Se n'era innamorato e Laura lo teneva al dito per caso, non lo avrebbe mai portato in barca, ma prima di vedersi con Gianni l'aveva riscattato al banco dei pegni dov'era finito per pagare alcuni affitti arretrati. Non lo avrebbe mai portato eppure il gioiello si trovava lì, improvviso, sotto gli occhi di Nino.

Mentre mangiavano Gianni prese il timone e, governando, mostrò ai ragazzi le due lingue di terra all'orizzonte. Punta Campanella risultò essere vicina a dove uno zio di Alfredo gestiva una macelleria e, a Capri, invece, c'erano andati tutti e tre in traghetto, un lunedì di pasquetta. Sotto l'albero, Laura armeggiava con le drizze, intervenendo ogni tanto, sarcastica, sulla geografia e sull'antropologia della situazione. Tutto andava bene, il sole era tiepido e il vento stabile, la città se ne iva indietro, si allontanava come un'orchestrina messicana e il vecchio vulcano, suo Pancho Villa, immobile a est, aveva i piedi inanellati di strade e paesi.

Giuseppe voleva starsene un po' in cabina, strappò una sigaretta a Nino e andò a stendersi su una delle due cuccette, con la testa poggiata all'incassatura del lavello, a guardare il cielo e l'improvviso correre delle manovre mentre, fumando, pensava. Tutte quelle parole lo avevano interessato, ci stava ancora meditando su, ma cos'erano? Si immaginava dove Gianni le avesse apprese, da suo padre, da un professore, dai libri, i libri... Era bravo lui, li aveva letti tutti. Rilasciando il fumo dalle narici, scambiò un sorriso soddisfatto con Laura che si era piegata per controllare la bussola. Sfilò da sotto le proprie gambe il libro della ragazza e ne lesse il titolo, *Grande Sertão*, aspirando su quel suono, come lei gli aveva insegnato, spiegandogli che le serviva per fare un esame e che in Brasile si parlava la stessa lingua del Portogallo.

Era così bella Laura, l'avrebbe salvata se ce ne fosse stato bisogno, nel pericolo si sarebbe fatto avanti per primo, sarebbe stato gentile con lei, non come Nino che se la voleva chiavare addormentandola con le pillole, o Alfredo che glielo voleva proprio chiedere come un piacere. Lui le avrebbe toccato il seno solo se l'avesse gradito e, nel caso, sarebbe stato alla guida di una macchina sportiva rossa. Pensò a un'altra ragazza, una del quartiere, che aveva scritto "Giuseppe è forte" sul corrimano delle scale nel vicolo, usando un pennarello fluorescente che rendeva la frase visibile anche di notte. Gli piaceva il suo piccolo petto così in evidenza e il fatto che lei lo spiasse sempre dal gruppetto delle amiche. Prima o poi le avrebbe chiesto il numero di cellulare, malgrado la madre della ragazza fosse antipatica alla sua e il padre si adirasse ogni volta che lei la nominava. Suo padre: gli sarebbe piaciuta quella barca, a causa degli arresti domiciliari non poteva uscire di casa e lui, la sera stessa, gli avrebbe raccontato della gita in mare, specie adesso che poteva anche fumare in sua presenza. Avrebbe parlato come al solito, pronto a essere interrotto, glorioso di qualunque attenzione gli riservasse il genitore, fosse pure per zittirlo. Dal divano letto, avrebbe continuato a raccontare dell'avventura in mare alla famiglia intorno già mezza addormentata, nel buio della loro casa piccola ma a cui non mancava niente. Una casa piccola, però più grande di quella cabina, e che stava ferma, non navigava, annidata nell'intreccio di occhi e di voci tra i palazzi. Il numero di telefono di Gianni lo conosceva a memoria, se i suoi non gli avessero creduto si poteva chiamarlo e chiedere conferma di tutta la storia, che lui c'era andato per davvero su una barca così. "Mi sto sentendo male qui sotto, meglio che non lo do a vedere agli altri...".

«Bisogna prendersi i momenti belli» stava dicendo Laura, e Gianni, alla barra, le diede man forte «Sì, i bei momenti si devono cercare. Si deve viaggiare, andare, non stare buttati nel quartiere, sempre con gli stessi compagni. Vedere Parigi, le città dove non parlano come te, il mondo. Guarda qua!» si volse più deciso a Nino. «Abbiamo preso una barchetta e, guarda, siamo in mezzo agli angeli. Mezz'ora dal vicolo e mica ci servono soldi!».

«È bello lui!» lo canzonò il ragazzo. «Perché la barca voi ce l'avete, io no!».

«Sì, ma non basta» lo interruppe Laura. «Devi saperla guidare, devi mantenerla in buone condizioni. E non è facile, ci vuole la testa! Se tu non cominci a usarla poi resterai legato al palo».

«È vero» concordò Alfredo. «Hanno ragione, Nino. Uno si deve fare la scorza».

«Che c'entra la scorza?» rise Laura. «In che senso la scorza?»

«Cioè che ti devi abituare a stare bene con le cose, non a rassegnarti e nemmeno a rubare come facciamo noi. Ti devi comprare le cose belle che ti servono: la macchina, la casa, la moglie. Come i giovani che viaggiano, che studiano».

Era un discorso di compiacimento quello che il ragazzo stava tenendo, incollava vari pezzi che potevano funzionare insieme, forse solo perché si sentiva appagato dopo aver divorato il panino, pervaso dalle sensazioni degli elementi a cui erano esposti. Gianni e Laura si guardarono perplessi, Gianni si appoggiò alla barra del timone con una smorfia del tipo "Mnò!", Laura rise di nuovo ed era bello per lui riuscire a farla ridere, era un regalo. Come sempre, si sforzava di offrirle una specie di sé stesso universale, un modello adatto alle varie situazioni, un'armonia con l'aura di uomo in cui lei potesse rifugiarsi quando la mente deragliava. Si sentiva più intelligente, era vero, avrebbe voluto trattenersi da quell'atteggiamento saccente che poteva offenderla, ma finiva sempre per strafare, per esagerare il tono dei propri interventi, rifilando delle sentenze indiscutibili su parecchi argomenti. Sapeva anche, però, che su un altro piano lei stravinceva, che fuggiva da quella... come chiamarla?... quella debolezza d'amore che lui le proponeva, a quell'età, con tutte quelle cose ancora da conoscere e da fare. Ma era così, solo una condizione, del resto, come l'antico nel moderno, il tenero nel forte, dove lui era lei e lei un po' lui, in un insieme che andava lacerandosi senza che nessuno dei due avesse il coraggio di scegliere.

Le nuvole scure si stavano radunando nel mezzo del cielo, Laura le indicò a Gianni ma questi concluse che ci voleva tempo prima che girasse a brutto, ancora qualche bordo e poi si sarebbero messi in direzione del porto. Le affidò il timone e andò a controllare il barometro sottocoperta, ritornò facendo l'occhiolino per rassicurarla e cazzò meglio le scotte; la ragazza, nel tenere la barra, sentì il cerchio stringente dell'anello sulla pelle e, temendo di poter rompere l'incastonatura, se lo sfilò e lo depose nella tasca dell'incerata blu elettrico.

Questa volta il capitano parlò della bussola, indicò i punti cardinali, spiegò l'alba e il tramonto, le correnti planetarie, i venti mediterranei, il Maestrale e la Tramontana, le stelle che servivano a orientarsi di notte, l'Orsa Maggiore e la Minore, nominando tutte queste cose affinché si scolpissero nella mente di quell'improbabile equipaggio. I ragazzi ascoltavano in silenzio la sua voce che un po' si perdeva nel vento.

«Ma il motore quanti cavalli è?».

«Il motore non funziona, hai visto che siamo usciti a vela?».

L'acqua aveva un'onda lunga adesso, perché il vento era girato di qualche grado, soffiando sopra la corrente marina, gli spruzzi sembravano soltanto di sale e avevano un suono secco, come risate. Al centro del Golfo, nel cuore dell'abbraccio delle coste, da cui i riflessi del sole si levavano come pulviscolo, l'equipaggio si lasciava portare dalle vele ardenti, i ragazzi erano quieti e solo ogni tanto davano uno sguardo sospettoso alle onde. Alfredo stava ricordando a Nino di quella volta che avevano trovato un cane morto e Boccione, un loro amico, gli aveva consigliato di buttarlo in mare come lui aveva fatto con il suo. Quindi nel mare dovevano starci sai quanti morti, che a volte gli schizzi ti spruzzavano i morti e però la gente era contenta, credeva di lavarsi e invece... Nino non lo prese sul serio, lo ascoltava senza attenzione, la storia degli schizzi gli aveva ricordato che lui era l'unico a non indossare l'incerata e subito lo fece notare, con un tono aspro di recriminazione. Gianni gli propose di prendere il k-way dalla cabina, ma Nino rispose che andava bene così, ed era vero, poiché la sua soddisfazione stava anche nello scovare dentro gli altri la stessa mancanza di riguardo che lo caratterizzava.

«Tanto l'acqua è pulita, quello che va nell'acqua si pulisce. Sennò perché noi la usiamo per lavare i vestiti?» concluse, imitando una di quelle espressioni accondiscendenti di Alfredo.

Aveva rinfrescato, le grosse nuvole si stavano annodando a formare una cupola minacciosa sul golfo. Gianni la notò, preoccupato, e informò tutti che era tempo di rimettersi con la prua verso il porto, chiamò Giuseppe che si era assopito sulla cuccetta e iniziò a dare disposizioni. Una squadra bianca di gabbiani, in quel momento, li sorvolò lanciando il richiamo "Noi andiamo a terra e voi?" e poco più avanti gli uccelli virarono a est, ancora gridando "Noi andiamo a terra e voi?".

Fu a quel punto che un colpo improvviso fece trasalire tutti, una vibrazione potente attraversò il centro di carena e la barca si scosse sull'acqua. Uno strappo da poppa: il cavo d'acciaio del paterazzo era saltato e penzolava fuoribordo con un fruscio cupo. Laura, spaventata, si piegò sul timone e i ragazzi, in preda al panico, chiedevano cosa fosse accaduto, ma Gianni fu subito sul cavo e lo afferrò, urlando di ammainare a prua per non appesantire l'albero già sbilanciato. Giuseppe si lanciò sul fiocco con l'agilità di un gatto, tirando con tutta la propria forza, ma la vela non era stata ancora mollata e il ragazzo, per l'impeto, cadde riverso sulla coperta.

Gli andò in aiuto Nino e poi anche Gianni, dopo aver consegnato il paterazzo nelle mani tremanti di Alfredo, tutti e tre insieme ammainarono la vela, piegando alla rinfusa. La barca, con la prua al vento, rollava lenta sulle onde e ogni suo suono sembrava un frastuono minaccioso nel silenzio marino.

«Buttiamo l'ancora?» chiese Alfredo.

«Non dire stronzate, stiamo in mezzo al mare!» si innervosì Gianni, consapevole che l'incidente era accaduto a causa della scarsa manutenzione. "C'è un certo livello per le cose" pensò. "Le cose vanno tenute a posto". Il cavo del paterazzo risultò ancora intatto, ma il moschettone che lo teneva allo specchio di poppa si era piegato, per fortuna a bordo ne avevano altri di ricambio. Il capitano si mosse velocemente, dai gavoni in cabina tirò fuori la cassetta degli attrezzi e un nuovo moschettone. Con una pinza, sotto gli occhi preoccupati di tutti, iniziò a svitare il perno deformato.

«Non fatemi domande adesso, non è successo niente di grave».

In cinque minuti rimise tutto in sesto, quando prese il posto di Laura al timone, il paterazzo era di nuovo ben alloggiato, teso tra la testa dell'albero e la poppa.

«Alfredo, posa questa cassetta nel gavone di prua, là dove abbiamo stivato i parabordi. Adesso stiamo tutti pronti, ci rimettiamo in movimento».

Gli occhi dei ragazzi erano ansiosi, avevano guardato dal buco su un mondo sconosciuto dove Gianni si muoveva con grande perizia, nel pericolo si erano lasciati rappresentare da lui, operoso come un capo furibondo per la tragicità dei suoi uomini. Virarono di poppa verso nord, in direzione del porto, il fiocco venne di nuovo drizzato e la barca prese un'andatura di bolina, tirata dal vento.

Era preoccupato Gianni, l'incidente aveva risvegliato la sensazione della sua incoscienza, si sentiva stupido ad aver condotto i ragazzi su un meccanismo non perfettamente funzionante. Se l'albero avesse ceduto, la barca si sarebbe coricata su un lato, scaraventando tutti in mare. E Laura? Faceva bene a sfuggirgli, lo conosceva. Una grande stronzata aveva fatto, ecco qua. Non era stato un caso, il paterazzo non doveva essere agganciato con un moschettone, che fesseria!, andava fissato allo scafo, teso nella stretta poderosa di un arridatoio a vite. E se il cavo invece si fosse spezzato, come avrebbe risolto? Usando una delle sue teorie sul mondo? Ormai, sentiva che per lui era solo tempo di tornare a terra, di mettersi nel letto a pensare, al riparo di quelle sponde senza mare. Che pensieri perversi, in realtà era così conveniente fallire: se uno è incapace può anche smetterla di sforzarsi! Davvero si era creduto migliore di quei mostriciattoli? Nino, Alfredo e Giuseppe avevano certamente più senso di lui, erano più reali, disponevano di codici ferrei e li sapevano rispettare, trucchetti e rituali da ripetere, tutto qua! Dentro di sé, invece, solo intenzioni megalomani e strumenti spuntati che non riusciva ad affilare, un pessimo artigiano era, un contadino malato di narcolessia. Eccomi qui, ancora qui, nello stesso punto.

Laura, piegandosi sul timone, gli lasciò un bacio tra i capelli, aveva compreso bene sotto il dominio di quale demone fosse caduto. Gianni si girò a guardarla, imbarazzato, quasi addolorato da quelle labbra che per un attimo avevano osato un richiamo amorevole, e volle dissipare il loro fragile tentativo «Sì, sì, non preoccuparti» disse con rabbia. «Adesso vi riporto a terra!».

Giuseppe urlò dalla prua, la seconda fase dello sgomento ebbe inizio: una densa nebbia stava invadendo la barca, un vapore bianco nato dal nulla. In pochi secondi, tutto il visibile si dissolse, le coste e il mare aperto divennero frammenti, come se da una piattaforma vicina qualcuno stesse azionando una macchina del fumo.

«Da dove è venuta questa nebbia?» urlò Laura.

"Se potessi stendermi nel mio letto e non essere qui" fu il primo pensiero del capitano. Alfredo rise come se stessero cadendo fiocchi di neve, mentre Nino fissava il banco nebuloso con gli occhi sgranati. Rapido, Giuseppe scivolò nel pozzetto. «Che facciamo?» esclamò, quasi offrisse la propria giovinezza al pericolo.

Agendo con impeto, Gianni passò il timone alla ragazza e si precipitò a controllare la bussola, subito dopo iniziò a tracciare il punto della rotta da seguire. Vedendone la reazione, i ragazzi si animarono, Alfredo e Giuseppe passarono a prua per avvistare eventuali ostacoli, Nino si strinse a Laura piagnucolando un «Mamma mia!» e lei lo abbracciò con tenerezza.

«Ho freddo» disse il ragazzo.

«Vai sotto a cercarti un maglione» sussurrò, accarezzandolo.

«No, volevo un'incerata come la tua».

«C'è un k-way lì dentro».

Nino scese in cabina a prendere la borsetta in cui era ripiegato il sottile impermeabile e, mentre un tuono minaccioso esplodeva in cielo, la porse a Laura.

«Vuoi dare a me l'incerata?».

La ragazza acconsentì con un sorriso e si sbottonò la giacca blu scambiandola con il k-way dello stesso colore. Nino se l'infilò, standoci però come una scopa in un letto; per prima cosa controllò che l'anello prezioso della ragazza stesse ancora nella tasca, e infatti lo sentì tra le dita, lì dove lei lo aveva lasciato mentre lui la spiava. Guardandola con un'espressione di riconoscenza, afferrò il gioiello e lo chiuse nel pugno, poi, malgrado la situazione, si diede a fare salti e piroette nel pozzetto, giocando con l'enorme taglia della cerata. Ignara, Laura si rallegrò che la paura gli fosse passata e interpretò la sua euforia come un contributo al morale dell'equipaggio, il quale però lo degnò solo di qualche occhiata stranita. Con una giocata da faina, Nino si stava creando l'alibi per la sparizione dell'anello, e cioè che questo fosse volato dalla tasca dritto nelle profondità marine a causa delle sue innocenti moine. Atterrito dalla pericolosità della situazione, il piccolo ladro aveva abbandonato la barca di Gianni e Laura e si era messo a navigare da solo, in quel canottino di oro e opale che riusciva a trattenere a galla la sua voluttà sulla prospettiva dell'orrore.

Non era semplice, adesso si trattava di bordeggiare alla cieca per farsi trascinare dal vento lungo la rotta di ritorno. Inoltre, la pessima visibilità non era altro che l'avvisaglia di un momento ancora più terribile: l'equipaggio non poteva accorgersi che, al di sopra degli strati di nebbia, il cielo stava continuando a chiudersi in una morsa di cumuli minacciosi. Ora erano avvolti da una nuvola planata sul mare, l'avanzata del fronte freddo da nord-ovest aveva spinto e poi sollevato le masse di aria calda, e queste, espandendosi, ritornavano a infoltire il carico della perturbazione. Uno strato di vapore, dell'estensione di poco più di un miglio, era rimasto intrappolato sotto la bassa pressione, calando sul mare dove veniva ricacciato in alto dalla temperatura delle acque e di nuovo giù da quella dei cumuli freddi. Se il capitano avesse potuto guardare fuori dal banco circostante, avrebbe visto l'orda bruna e terribile della depressione col suo ghigno striato. Un profumo pungente si levava nell'aria elettrica, gli elementi stavano creando l'interregno della burrasca mentre dalle coste erano già partiti i bollettini e gli avvisi ai naviganti.

«No, non c'è una radio a bordo. Dobbiamo puntare a ogni costo sul porto, state tranquilli che andrà tutto benissimo. Però, io e Laura abbiamo bisogno del vostro aiuto. Voi due restate a prua e sbarrate gli occhi. Tu, Nino, tieni sempre sotto controllo la bussola. Vedi qui? Un po' più a destra della N? Mi devi dire sempre dov'è davanti a noi questa posizione».

Gianni cercava di tenere impegnati quei ragazzi, terribili sulla terraferma, per distoglierli dallo spavento. La colonnina del barometro era scesa a 950 millibar, non c'era visibilità oltre i 10 metri e spuntoni di nebbia attraversavano la coperta per venire poi risucchiati a poppa. A testa bassa, il giovane capitano mormorava tra sé, i suoi lunghi capelli erano ammantati di elettrico come pure il maglione di lana verde sotto la cerata aperta. Mentre metteva in chiaro le scotte per la virata successiva, Laura lo osservava muoversi e strizzare gli occhi ogni tanto, le sue pupille le parvero attraversate da saette cangianti di pensieri. Era il più alto tra loro, dopo c'era Nino, tiroide precoce, che, avvolto oltremodo nell'incerata blu, stava inginocchiato davanti alla bussola, mangiandosi le unghie e spostando lo sguardo spiritato in giro e poi sull'ago magnetico. Scambiava battute con i due a prua, urlò loro che Alfredo si stava cagando sotto e che era diventato giallo come la cerata che aveva addosso. Alfredo si difese con degli «E tu, tu Nino?» aggrappato alle sartie sottovento; riparandosi sotto il fiocco teso, aveva lasciato a Giuseppe il compito di scrutare l'orizzonte. Il prodiere era piccolo ma ben fatto, la giacca rossa e i corti capelli scuri sopra le lentiggini gli davano l'aria assorta di una polena. Si sarebbe ostinato a non tenersi alle sartie se non vi fosse stato costretto dal beccheggio della barca, la possibilità di avvistare qualcosa e di comunicarlo agli altri lo eccitava.

Alfredo chiacchierava di continuo, con la sua voce tremula, strusciava la capigliatura castana sul cavo d'acciaio a cui era abbrancato e parlava di tutt'altro da quella situazione.

«Il Runner è meglio del Free, o no? Fa pure i 90 ma sull'autostrada non ci può andare, però col sellino lungo vai bene in tre».

«Ma io in tre non ci vado, sennò si rompe subito» rispose Giuseppe, sputando dalle labbra serrate.

«Perché, Peppe, se stiamo a piazza Plebiscito col motorino, tu non mi porti a casa?».

«In tre?».

«No, in due, io e te!».

«In due sì. In tre te la fai a piedi».

Nel parlare, i suoi occhi non si distoglievano mai dalla rotta, a volte li strizzava per trapassare i grumi della nebbia. Lingue di vapore si consumavano sulle vele, dal lato sinistro lo sguardo sforava sulle creste eccitate, su un colore cobalto che stuccava il bianco fumoso dell'aria. Quando ormai furono pronti alla virata di bordo, d'un tratto la massa di nebbia diventò compatta e li attorniò in una cappa immobile.

«Il vento è calato» notò il capitano. «Però viriamo lo stesso».

Effettuarono la manovra con buon affiatamento, portando la prua a nord-ovest, dov'era il porto, ma la barca entrò in un'improvvisa bonaccia e rallentò contro la forza della corrente marina. Gianni trattenne il boma prima che sventasse e, subito dopo, il fiocco venne mollato in cerca di un alito d'aria.

Nel silenzio circostante che aveva raggelato l'equipaggio, il tintinnio del sartiame sembrava l'implorazione di una creatura innocente. Laura iniziò a fischiare e tutti si voltarono a guardarla, ma lei continuò intonando l'inizio di *Blind* dei Talking Heads, nessuno capì cosa intendesse significare, Nino ci aggiunse un "Maria Marì" e poi tacquero di nuovo entrambi.

«A ogni modo...».

Il vento entrò dal davanti, proveniente da nord-ovest, sulla barca, a spazzarla. Sembrò un gioco e che il fiocco lo sapesse, perché si gonfiò con un boato e l'imbarcazione partì rapida, in uno sprint che costrinse tutti a reggersi saldamente, mentre Gianni urlava «Voi due, subito qui nel pozzetto!». Come scoiattoli, i due volarono di fianco a Nino, appena la nebbia sparì in lingue di crema, comparve il cielo terribile, basso e nero di nuvole, sopra l'aria gelata e la costa velata da una lanugine rosa. Strinsero di più il bordo, Laura fu previdente ma spaventosa alle orecchie di Alfredo «Mettetevi i giubbotti di salvataggio, prima che sia troppo tardi!». Gianni indicò a Giuseppe dove trovarli e, dai gavoni di poppa, il ragazzo contò cinque corpetti fatti di sottile gomma arancione che avvolgeva delle tavolette di polistirolo espanso. Agitato, Giuseppe infilò la testa in uno di essi e tirò il resto nel pozzetto, dove Gianni afferrò il primo dal mucchio e mostrò agli altri come andavano fissati, girando la cinghia sul dorso e legandosela davanti alla pancia.

Mio padre è troppo buono, troppo buono con tutti, specialmente con me, la gente ne approfitta e lui, se alza la voce, poi se ne pente. Prima volevo essere come papà, andare a lavorare al macello, andarci insieme a lui, ma poi ho capito che è troppo buono, che non lo rispettano. A Roma, quando siamo andati a trovare zio Tanuccio, gli avevo detto che volevo il coltellino spagnolo, lo cercavamo alla stazione, lui entrava nei negozi mentre io aspettavo fuori. Alla fine non lo ha trovato e mi voleva prendere quello francese. «Vabbè, non fa niente papà» ho detto io. Quello era troppo grande, che me ne dovevo fare? «Sempre a serramanico è» mi voleva convincere. Lui non capisce, invece mamma è più sveglia, lei se lo prende il rispetto, se faccio una stronzata mi fa nero, la gente la mette a posto subito. A papà lo presero a schiaffi mentre stavamo in vespa, aveva ragione ma se li tenne, dopo mi fece un sorriso, «Andiamocene, Alfredo» disse e quando glielo raccontai a mamma lei rise di nascosto «E volevo vedere pure che rimaneva!». I film che piacciono a lui a me non piacciono, in bianco e nero sono antichi, si ricordano il novecentotré, lui dice che Van Damme è una caricatura, ma se lo incontrasse si cagherebbe sotto. Se avevo un padre buono pure io ero coraggioso, ma con un padre loffio... che colpa ho?

Poi cadde la pioggia e un coro di tuoni si schiantò nella tromba dell'aria. Tra i fulmini, il vento impazzì e lo si udì discendere dal cielo, curvando sul mare e mettendolo in fiamme, in onde corte e caotiche, la distesa delle acque prese a scuotere la barca. Subito dopo, la pioggia piegò ogni cosa sotto di sé, spezzando le creste, le sue gocce erano chiodi ricurvi che facevano male sui volti scoperti.

«Voi tre, entrate dentro!» urlò il capitano prendendo la barra del timone, i ragazzi si precipitarono in cabina e Laura gli richiuse dietro il tambuccio per non allagare l'interno. Non fu più necessario controllare la pressione sulla colonnina, la parola chiave era "forte burrasca", il tempo per pensare era scaduto, le scelte si erano diradate come quei filoni di nebbia, i dubbi, le attese e le incertezze erano state atterrate dal peso della pioggia, seppellite nella massa tambureggiante dei cuori. Le due anime nel pozzetto cercavano di direzionare la prua in modo da non schiantarla sulle onde ruggenti, ma l'acqua spazzava la coperta bianca di vetroresina come una mano selvaggia. Risultava difficile tenere il bordo, si erano aspettati che dopo un po' la frustata iniziale calasse, invece tutto continuava a impazzire e loro, inesperti a quei vortici, si sentirono in grande difficoltà. Non disponevano di illuminazione, in mancanza del motore la batteria risultava inutilizzabile: il sole era imprigionato oltre le nubi, ma i lampi, bruciando, accendevano l'aria, i colori delle cerate, la spuma e il biancore della coperta. Le raffiche tenevano la barca inclinata sottovento, le mura sollevate ricevevano le onde e i frangenti battevano la tuga per rovesciarsi fuori dalla parte opposta, qualunque posizione era faticosa da mantenere. La grossa vela di prua, gonfiata da quella forza magistrale, rischiava di lacerarsi e andava sostituita al più presto con una tormentina, inoltre bisognava ridurre la randa con qualche mano di terzarolo. Per stabilizzarsi, cercavano di puggiare di continuo, gli spruzzi e la pioggia riducevano la visibilità al timoniere accovacciato nel pozzetto pieno d'acqua che gli ombrinali stentavano a scaricare. Un paio di marosi avevano picchiato forte e nella cabina, tutto, ragazzi compresi, era finito per aria. Laura, muovendosi a tentoni, si era accertata che i tre non si fossero feriti e quindi aveva serrato l'entrata anche con il pannello frontale. Al buio, Giuseppe si teneva con due mani al lavello, il corpo disteso su Alfredo che invece aveva le gambe infilate nello spazio sotto il gavone di poppa e la testa sul volume ormai madido del *Grande Sertão*. Di fronte, Nino stava aggrappato alla mensola della cuccetta e ogni tanto si tastava la tasca con il piccolo anello che a terra lo avrebbe ripagato di quel tormento. Stridendo, il fornellino dondolava impazzito sulla sospensione cardanica e qualche oggetto di cucina volava via dal suo alloggio, minacciando i corpi dei ragazzi. Una grossa pentola, sfuggita alla ringhiera della mensola, fu catturata da Giuseppe che non trovò di meglio che mettersela sotto il sedere. Ogni tanto un filo d'acqua scrosciava dal tambuccio sulle loro teste e la zona a prua veniva menata con fracasso dalle onde; a tratti, l'oscurità dell'abitacolo era rotta dagli oblò con lo spettacolo terribile dei lampi che infiammavano il cielo.

Mentre Alfredo pregava tra le lacrime, Nino si vomitò per la seconda volta addosso e Giuseppe lo seguì un attimo dopo, riuscendo però a centrare il lavello. Sotto di loro, il pozzo di sentina sciabordava dell'acqua che filtrava di continuo dalle bocchette per l'aria.

Eppure, adesso mi sembra di amarti e che senza di te sarei da sola al mondo. Ma lo so già, tutto tornerà come prima, quello che siamo ci farà soffrire e ricominceremo le nostre guerre, ferendoci, dandoci il male. E io non potrò fare a meno di andarmene via, di smetterla, di allontanarmi per sempre, fingendo che di te non me ne importi nulla. Quando ti ostini in quei pensieri che ti avvelenano, per poi crollare all'improvviso in una disperazione senza scampo, ti odio, non ti sopporto! Farti da balia, venirti a ripescare ogni volta... perché? Non voglio più, mai più. I tuoi ideali, ti stanno fregando, non lo vedi? Hai tutto chiaro in mente e intanto la realtà ti sfugge via, non ti appartiene... Non eri tu che ripetevi quella frase, in una delle tue infatuazioni letterarie? «Vivere come ci pare e piace non costa nulla, perché lo paghiamo con una cosa che non esiste: la felicità». Il panslavista lo chiami adesso, era un tuo amore. E accusi me, per farmi sentire in colpa, che voglio vendermi, passare all'altra sponda. Ma in quale sponda eravamo? Dove sei tu? In un inferno al giorno? No, non mi freghi, non c'entra la politica, non hai bisogno di precipitare filosofi dal cielo se fino a stamattina avevo la certezza di amare lui, invece. Tra noi due è un'abitudine, è solo paura di scoprire che potremmo fare a meno del nostro amore e ricominciare da un'altra parte, io senza te, tu senza me, per sempre. Si tratta di scegliere e tu vuoi che sia io a farlo, anche per te, così, se fosse un errore, mia sarà la colpa. E se lui non esistesse? Se potessi dire che amo te, sarei felice? Invece ho desiderato urlarti quello che sento, di liberarmi: amo Stefano. Andresti in mille pezzi e io mi brucerei il cuore. Diresti: un fariseo, un borghese, un sepolcro imbiancato. Il tuo orgoglio contro il mio, ecco a cosa ci siamo ridotti e tu vuoi dare a me il pugnale. Come ne uscirò? Forse, mi illudo di amarti soltanto per concedermi una tregua. Io sarò quel che scelgo di essere, amerò chi scelgo di amare...

La burrasca continuava a flagellarli, le linee della costa già indistinguibili sparivano periodicamente dietro le masse d'acqua, ma Gianni e Laura credettero di aver avvistato il faro del porto e bordarono in modo da tenere quel punto sottovento. Avanzavano lenti a causa della corrente contraria, che veniva anche ad accentuare la deriva dell'imbarcazione, per comunicare tra loro, nel fragore, dovevano urlare come forsennati. Erano uniti ora? Erano una sola mente? Gianni teneva lo sguardo fisso alla rotta, piegandosi sul timone ai colpi di mare che insistevano, instancabili, facendo tremare la barca. Laura stava sgottando il pozzetto pieno d'acqua, quando una violenta raffica squarciò il fiocco in due tagli di vela che presero a dimenarsi, ululando. La barca rallentò, raddrizzandosi sull'asse, la tensione nei tiranti sopravvento diminuì, ma le onde di prua, senza spezzarsi più sui bordi, presero a diluviare pericolosamente in coperta. Fu Laura a tenere il timone mentre Gianni scendeva in cabina per uscirne, poco dopo, col sacco della tormentina e la torcia già accesa tra i volti amareggiati dei ragazzi. Così armato, appena risalì in coperta, in quell'attimo, il colpo di un maroso impennò la barca e lui venne catapultato a poppa, planando fortunosamente sulla battagliola e su Laura. Ma il sacco e la torcia, invece, erano finiti fuori bordo, perduti nel buio delle acque. Con la vela prodiera squarciata, la barca già ammaliata dalle onde iniziò un mezzo giro su sé stessa, andandosene di traverso, nell'assetto pericoloso della ribaltata. Gianni, rialzatosi, urlò a Laura di mettersi col vento di poppa, lei capì e fu subito d'accordo: fuggire la burrasca, fuggire da lì.

Perché l'ho dissotterrato? È una cosa da malati. Io sono a posto, non le ho mai fatte queste pazzie. La signora mi aveva chiesto di seppellirglielo il cane, piangeva, diceva che era l'unico a cui voleva bene, che era come un figlio per lei. Mi aveva promesso la mazzetta e così gliel'ho sepolto nel parco, lei assisteva tra le lacrime, alla fine voleva recitare le preghiere. Poi non ce l'ha fatta, mi ha lasciato da solo e se n'è andata, il cane stava avvolto in un asciugamano, quel pelo rosso che sporgeva mi faceva impressione. Ma l'ho sistemato, ho messo pure il crocifisso, come mi aveva detto, e poi sono andato da lei. Dieci euro mi ha lasciato. «Giuseppe, grazie, grazie! L'hai fatto pure per i morti tuoi!». Che c'entravano i morti veri, poi? Forse per questo motivo, o perché veramente la testa non mi aiuta, due giorni dopo sono ritornato e l'ho scavato fuori, l'ho preso con la pala e l'ho buttato giù, nel giardino di sotto. Ha fatto un rumore sordo, come una palla che esplode, la testa è uscita dall'asciugamano e l'occhio era impressionante, gonfio, pareva che guardasse cos'era successo. Il pomeriggio ho detto agli altri che c'era un cane morto, li ho portati là sotto, mandava un tanfo! Ci siamo coperti il naso con le maglie, loro ridevano, guardavano com'era putrefatto. Non gliel'ho raccontato che l'avevo lanciato io da sopra, non gli ho detto nemmeno di chi era il cane, sennò sgamavano. Ma perché l'ho fatto? Meno male che nessuno ha capito, che solo io lo so. La signora non ci è andata più a vedere la fossa, tanto... era un animale... era già morto.

Invertirono la rotta, il mare adesso era alle loro spalle, nelle onde che caricavano ruggendo da dietro. Si misero col vento che batteva a tre quarti della poppa, a una velocità che gli permettesse di navigare al di sopra delle creste e ammarare solo dopo che queste avevano franto sotto di loro, altrimenti sarebbero stati sommersi di continuo. La tenuta dell'imbarcazione divenne più agevole, ma fu comunque con gran rischio che Gianni si inerpicò a prua e dopo vari tentativi riuscì ad ammainare il fiocco lacerato, riducendo la velatura. Mentre ritornava nel pozzetto, la prua si impennò sul dorso di un'onda e lui batté la testa contro il boma, ferendosi alla fronte. Il sangue venne subito lavato via dalla pioggia ma sopraggiunse la rabbia per il colpo improvviso e perché, tutt'intorno, gli elementi gli sembravano animati da una cospirazione che trovava alleanze nelle attrezzature e nelle imperfezioni dell'equipaggio. Laura, aggrappata al timone, forzava per non andare all'orza, già il corpo marino era scosso da tremiti spaventosi a causa della velocità che poteva spingerli nel cavo mortale di una delle onde che cavalcavano.

Gianni, ancora dolorante, prese una lunga cima e iniziò a filarla da poppa, al traino, in modo da creare più resistenza e ridurre l'andatura. Mentre eseguiva quest'operazione sentì l'urlo di Laura che si era accostata a lui. «Il sacco, il sacco!» e, voltandosi, la vide indicargli la sagoma galleggiante del sacco della tormentina in balìa della burrasca. A ore due, sotto la luce dei lampi improvvisi, il mare lo spingeva sottovento e così puggiarono in modo da incrociarlo, ma un'onda più grossa lo inabissò e, quando lo videro riemergere, a poppa, era ormai inafferrabile lungo la cima che si tiravano dietro.

Al rombo continuo, di tuoni e di mare, la barca strideva tra gli elementi, i due temettero che l'albero potesse cedere a quella forza o che anche la vela maestra si squarciasse, nel cattivo stato dell'armamento. La prua risaliva sulle creste e poi scivolava giù, attraverso le caverne spaventose delle acque scure. Mentre pareva inabissarsi dall'alto, sotto la pioggia scrosciante, la barca ammarava invece più avanti, con un tonfo esplosivo, per poi sollevarsi ancora lungo il muro di una nuova ondata.

Poi, la poppa esplose e saltarono le bitte di legno insieme ai candelieri, via nel mare, in un boato con cui l'acqua venne a inghiottire la barca. Gianni sparì nel buio, tra le onde, tenendosi le mani sul volto, Laura ebbe la prontezza di lanciarsi in avanti per sfuggire all'ondata che la inseguiva. Il mare, nero come petrolio, divorò il bianco della vetroresina, chiudendo tutto nella sua profondità spaventosa. Solo la crocetta dell'albero e la prua, a cui era adesso aggrappata la ragazza, rimasero fuori dall'acqua burrascosa. Lei urlò «Aiuto, Aiuto!» proprio allorquando il mare, colpito da un fulmine, prese a ribollire e due bagliori apparvero, due sfere galleggianti, che la fissarono come occhi di demoni, spingendola a fondo con un sibilo. Mentre cadeva nell'abisso, la luce la inseguì, battendola, battendola per farla sprofondare sempre più giù, nel nulla.

Alfredo si risvegliò da quell'incubo perché Giuseppe lo stava colpendo coi talloni e gli gridava «Vedi che vuole! Vedi che vuole!». Si avvide allora che il portello era aperto e fuori c'era proprio Laura che lo guardava, il cappuccio blu legato intorno alla testa. Nel frastuono del vento, piegata in avanti, la ragazza indicò il compartimento del gavone di poppa dove Alfredo stava rintanato. «Il battellino» gridò. «Passami il battellino da lì sotto!». Il ragazzo indugiò un istante, ancora sconvolto dal sogno, poi, curvandosi, infilò le braccia nell'incavo buio e tirò fuori un quadrato spesso di gomma, avvolto nel cellophane.

«Sì, sì, dammelo!» fece intendere Laura e lui le passò il gommoncino autogonfiabile, poi il portello venne richiuso e i tre piombarono di nuovo nell'oscurità.

La velocità di navigazione era elevata e la barca teneva il mare con grande tensione, per rallentarla i due lanciarono anche il battellino nella loro scia, legandoselo a poppa insieme alla cima come un cagnolino obbediente. Speravano che prima o poi la burrasca sarebbe passata, che prima o poi avrebbero fatto dietrofront su una tavola liscia di acqua, che sarebbero ritornati a casa, prima o poi. Per ora andavano alla cieca, con una rotta disperata, cercando, tra la pioggia e le ondate, una via verso la quiete. Avevano rinunciato alla costa, all'abbraccio del porto, ai moli, alle case, all'ancora sicura dei fondali mai smossi. Fuggivano, senza conoscere cosa li aspettasse, forse nelle fauci spalancate di una secca o in un groppo di vento mortale. Se fossero affondati, le navi della legge e delle fondamenta civili li avrebbero poi recuperati con cacce di biasimo, li avrebbero issati, le carni gonfie di acqua, a monumento delle imprese senza luogo. Su una barca eventuale, dentro menti eventuali, seguendo le linee di fuga al di là delle quali l'ordine del caos dominava, tutto spariva dietro di loro, e la terra, e i codici, e i riferimenti comuni.

È perché io non ho agito, perché sono un vigliacco e non ho agito. Anche quelle volte che desidero morire sono un vigliacco, tanto lo so che non accadrebbe, per questo desidero morire. Sono ridicolo! Se invece avessi fatto, se almeno avessi detto no, non ci sto, coraggio, continuiamo, forse non sarebbe accaduto. Ma io... il mio orgoglio... e li ho lasciati andare, così il gruppo si è sfaldato, tutto è finito. Ma dove andremo, cosa faremo adesso? A prendere posto in una carriera, a operare per qualche progetto sociale senza sale? Qualcuno entrerà in una lista elettorale, ci scommetto! Ma che mi importa? Vadano per la loro strada e che tutto quello che avevamo costruito finisca nella spazzatura. Non esiste alternativa all'individualismo, perché non c'è nessun individualismo, quella che ha vinto non è altro che una forma d'egoismo, del solito "ognuno per sé". Non ci vedremo più, anche l'amicizia morirà col gruppo, se amicizia c'è mai stata. Tutto l'apprendimento di un'esperienza collettiva servirà da bagaglio a qualche inutile burocrate, quelle lotte, un giorno, riempiranno un curriculum. La solita storia, così va il mondo, di che ti meravigli?, pensa a campà!, eccetera, eccetera... Nemmeno Laura mi resta, Laura che fugge. Lei, adesso, vorrebbe che mi voltassi e la lasciassi andare, che non l'accusassi poi per quello che farà. Renderti la libertà? Ma io sono un vigliacco, lo sai. Non ho le palle per questa situazione; se tu non ti volti e fuggi... per sempre.

La stanchezza cresceva e avrebbero voluto stendersi anche solo per un attimo in un cantuccio all'asciutto. Gianni, pur accusando il dolore del colpo alla fronte, mentre sgottava acqua dal pozzetto si preoccupò per Laura che non smetteva di tremare. Temendo che si indebolisse, le gridò di andare sotto coperta, ma lei rifiutò per restare al timone con cui aveva stretto un sodalizio contro la burrasca. Troppo esausto per insistere, il giovane però si ricordò di un maglione stivato nel gavone di prua e le intimò di indossare almeno quello. Decisa a non lasciare il suo posto, Laura allora gli fece cenno di andarglielo a prendere e lui acconsentì, aprì il tambuccio scorrevole e si infilò in cabina, chiudendosi alle spalle il portello. Lì dentro, mentre rassicurava i ragazzi che presto tutto sarebbe finito, il capitano avanzò con fatica fino a prua e, dopo aver rovistato alla cieca nell'incasso di legno, sentì sotto le mani la lana umida del maglione. Un colpo fortissimo scosse la poppa, la barca ebbe uno scarroccio terribile e lui si ritrovò contro la paratia, con le ginocchia incastrate nel gavone. Dovette sollevarsi sulle braccia e poi allungare le gambe all'indietro per liberarle, mentre il beccheggio riprendeva assai più accentuato e il lamento dei ragazzi si univa alle loro domande su cosa fosse accaduto. Ignorandoli, sotto un atroce presagio, Gianni si precipitò verso il boccaporto e lo spalancò sul pozzetto di comando: Laura non stava più lì. La battagliola di poppa era stata spezzata e, in alto, tra le sartie, giaceva impigliato il battellino, la ragazza era caduta in mare e ora, senza più timoniere, la barra picchiava da una parte e dall'altra come se lo spettro della burrasca avesse conquistato il comando. Invocando il nome della ragazza nello strepito del vento, Gianni riuscì a riprendere il governo dell'imbarcazione, la sua angoscia era pari alla rabbia di non aver provveduto a vincolare Laura con una cima. Le teste dei tre ragazzini spuntarono dal tambuccio ancora aperto, ed essi videro la sagoma urlante del loro capitano da cui due occhi scintillavano di odio verso il mare. Sorretto da un'audace risoluzione, Gianni attese il varco tra un'onda e l'altra e virò lì dentro, per mettere la prua in direzione della burrasca e tentare il recupero. La manovra sfruttò la velocità della barca ma, quando questa si trovò di traverso al mare grosso, scuffiò, piegandosi sottovento a toccare l'acqua con la velatura. Fu un istante di terrore, a un passo dall'affondamento, gli atomi della struttura in evoluzione vennero respinti al di sotto, come se la realtà scacciasse via da sé un corpo molesto. Ma questo, per sua attitudine e per l'azione redentrice del timoniere, si raddrizzò e concluse la virata, col boma che strambò violento, passando sulla testa dell'equipaggio. Subito, il capitano ridusse la randa per assumere un'andatura alla cappa e frenare la barca contro la burrasca, poi chiamò a sé Giuseppe e lo istruì con urla frenetiche a lanciare in mare un salvagente assicurato a una sagola. Il ragazzo eseguì ogni ordine con esattezza, perché adesso il ruggito dell'uomo, il suo cuore, erano più forti della cattiveria del mare.

Laura, Laura, non posso perderti... Ti troverò, devo ritrovarti...

Laura, mi sono comportato male con te... le cose che mi dicevi non le ascoltavo perché non sono buono a niente, ma ti prego... dimostrami che mi vuoi bene. Madonna mia salvala, Madonnina mia salvala.

Padreterno, ho preso il tuo anello, mi porterà male questo, mi faccio schifo, sono malato dalla nascita, faccio schifo. Mio Dio proteggimi, falla tornare in mezzo a noi.

Gesù, io non potevo fare niente, Laura è così bella, portacela di nuovo qui, ti prego. Nonna mia aiutaci, Buonanima di nonna Maria aiutaci, non farla affogare.

Tutto l'equipaggio era all'erta per avvistare Laura, Gianni sapeva che se fosse stata ancora cosciente avrebbe potuto utilizzare il fischietto di cui era dotato il giubbotto galleggiante per segnalare la sua posizione. Sbattuta dalle onde, la barca scarrocciava di continuo e un secondo salvagente venne lanciato in mare per rafforzare la speranza. Quattro cuori battevano forte nei minuti che trascorsero senza che nulla emergesse intorno a loro, ogni istante poteva essere quello fatale. Giuseppe, mentre liberava il pozzetto dall'acqua con la sassola, incrociò lo sguardo di Gianni e intuì che era già pronto per varcare la soglia della disperazione.

Poi un urlo, era Nino, l'aveva vista là davanti... No, non c'era più, le onde coprivano tutto. Oh sì, cos'era quel punto più chiaro? Una boa? Bolle di spuma? Era lei forse... Sì?... Sì... Era lei! Stava a galla nell'arancio fluorescente del giubbotto, «Laura, Laura» urlarono tutti «Lì, lì, eccola lì». Nuotava nella loro direzione, sommersa dalle onde, si stava tenendo alla cima che avevano filato dietro la barca, avanzava appigliandosi a quella. Gianni recuperò velocemente e in breve lei fu sotto lo specchio di poppa, dove l'aiutarono a risalire. «Lo scoglio, lo scoglio» disse, appena la issarono a bordo. «Lo scoglio mi ha salvato». Pallida per il freddo e lo spavento, fu subito condotta sotto coperta dopo che una grande felicità aveva pervaso tutti, malgrado il beccheggio e la burrasca assillanti. Ma non c'era tempo per gioire, la barca vibrò come se richiamasse il suo capitano al pericolo incombente e questi, mentre i ragazzi si occupavano di Laura, riprese la rotta di fuga. Dopo il salvataggio, i due amanti avevano potuto scambiarsi un breve sguardo, senza parole, ma sufficiente per intuire che la loro, ormai, era una condivisione perfetta nella mischia e nel pericolo. Spossata, tra i ragazzi che furono avidi delle sue parole, Laura raccontò di come l'ondata l'avesse colta di sorpresa e si fosse poi ritrovata in acqua, afferrata alla battagliola che però, dopo un attimo, aveva ceduto. La barca si era allontanata velocemente mentre lei veniva risucchiata all'indietro, in quello che aveva preso le forme di un inferno di oscurità e solitudine. Ma, all'improvviso, i suoi piedi avevano urtato contro una massa dura, una secca, fermandosi giusto il tempo per scorgere la cima di poppa che le filava accanto e agguantarla con la forza della disperazione. Da quel momento sapeva di essere di nuovo in contatto con la barca e di avere un'unica opportunità di sopravvivenza in quella corda. Sommersa dalle ondate, aveva sempre lottato per non perdere la presa e, pur udendo le voci che la chiamavano, non era riuscita a urlare più forte del fragore del mare. Poi, di nuovo, i suoi piedi avevano incontrato una secca e, camminandovi sopra, si era data lo slancio per risalire lungo la cima fino al punto in cui l'avevano avvistata. Adesso, in cabina, esausta ma salva, cercava nel buio i tre sguardi intorno come effigi luminose della vita che aveva rischiato di perdere. La sua presenza lì, era un sollievo per i ragazzi, Giuseppe diede fuoco a una sigaretta e gliela offrì, Laura tese le dita e poi aspirò profondamente da un filtro umido e gualcito.

«Che fortuna» disse Nino, «che hai avuto a trovare gli scogli, due volte fortunata sei stata».

«Tre» intervenne Alfredo, mugolando. «Ha trovato pure la fune».

«Non so come è potuto accadere, li ho sentiti sotto i piedi e ci ho camminato per qualche metro. Meno male che non è stata la barca a passarci sopra».

«Ti sei graffiata sulle rocce? Ti sei fatta male?»,

«No, non credo!» rispose lei, passandosi le mani sulle caviglie e illuminandole alla brace della sigaretta. Delle secche in mare aperto, senza alcuna boa di segnalazione, costituivano una faccenda davvero insolita. Laura stentava a tenere gli occhi aperti, avrebbe voluto addormentarsi, gli indumenti di ricambio che indossava erano abbastanza asciutti da trasmettere al suo corpo un po' di tepore. Sebbene fosse costretta a starsene sdraiata e a tenersi ben salda a un appiglio, paragonato all'esterno, lì dentro sembrava il paradiso. Adesso erano in quattro a spartirsi le due cuccette di poppa, ma nella vicinanza riuscivano almeno a darsi calore l'un l'altro. Ogni tanto, qualcuno dei ragazzi portava lo sguardo sugli oblò e lanciava un *mammamia* o un *madonna santa*, la burrasca non accennava a calare e bisognava resistere.

Quanto tempo è passato, quanto tempo? Non ce la faccio più, non dovevo venire, qua sotto sto impazzendo. Quando arriviamo le lascio l'anello nella giacca, anzi, no, me lo prendo, tanto lei i soldi li tiene, che se ne frega lei di un anello? Papà dice che vogliono solo perdere tempo, non è gente come noi, non ce li hanno i problemi, loro. Tengono la casa bella, la barca a mare... La casa bella la teneva pure Martinelli, quando dormivo là, tutto era chic, i mobili, il bagno, la cucina. Lui lavorava in banca, teneva proprio i soldi e me li dava, una parte a me e una a mia mamma. Martinelli lo schifo, perché mi accarezzava, me lo prendeva in bocca, allora ero piccolo, non capivo che era un bocchino. Quando mi sono maturato gli ho rotto la castagna. Mi toccavi? Adesso, se vuoi, paga, direttamente a me... Beati voi che non tenete niente a cui pensare.

Gianni era rimasto da solo in coperta, manovrando instancabilmente il timone, fuggiva l'onda con abilità e seguiva un proprio disegno. Sapeva che ormai dovevano trovarsi verso il limite del golfo, diretti al mare aperto, da qualche parte c'era Punta Campanella e lì dietro si poteva cercare un ridosso, al riparo dal vento, navigare oltre il braccio a sud-est del golfo e poi virare all'interno, dietro il promontorio. A quel pensiero, però, ebbe uno dei suoi oscuri attacchi e l'idea del ridosso gli parve la più impossibile da realizzare perché lui non ne sarebbe stato capace. Non riusciva, anzi, nemmeno più a capire come mai potesse sfuggire a quei mostri d'acqua che gli venivano dietro. Il meccanismo per cui la barca fino ad allora si era librata sulle onde, atterrando oltre i frangenti, gli sembrò d'un tratto incomprensibile, tanto che iniziò a sbagliare andatura e la prua, per due volte, si immerse nel mare. Dovette cercare un motivo valido per riprendersi e, di fatto, la terra lontana gliene offrì: un istante tra tanti, che seppe solo di aver scelto, un'immagine rada e dolcissima, da non riuscire a formularsi. E puntando la mente su di essa, ritrovò la giusta rotta, riportando la barca e i compagni al di sopra del frangente furioso.

Si accorse, poi, che nel pozzetto l'acqua gli arrivava alle caviglie e ciò poteva essere fatale, poiché appesantiva la barca. Chiamò più volte Giuseppe e, quando la testa di quello spuntò dal tambuccio semiaperto, gli gridò di prendere la sassola e di salire in coperta a sgottare. Nino e Alfredo, di sotto, passata l'euforia del salvataggio, cercavano di non cedere al voltastomaco, interpellando di continuo Laura che però era crollata nel sonno. Giuseppe si impegnò a svuotare l'imbarcazione con veloci secchiate sottovento, se ne stava accucciato per non venire sbalzato in mare e, il capitano, guardandolo, pensava "Torneremo mai? Torneremo mai? E dove torneremo? E chi ci aspetterà? Forse, la nostra vera casa è questa fuga. Forse, noi siamo già fantasmi, siamo già morti, chissà che qualcosa non ci abbia impedito di assistere al momento della nostra fine".

Sorpreso, d'un tratto, udì il grido di Giuseppe «Giovanniiiii!» e colse lo sguardo impietrito del ragazzo che lo trapassava, andando oltre le sue spalle. Un futile pensiero "Non mi ha mai chiamato Giovanni" lo accompagnò mentre si voltava, ma esso subito cedette il posto all'orrore di fronte alla scena che lo attendeva là dietro. Un'enorme muraglia di acqua li inseguiva inghiottendo le onde, gigantesca, nera e spettrale. La sua cresta era altissima, strappata in mille brandelli dal vento, la sua mole rombava in avanti, incapace di reggersi sulla gravità. Sotto di essa si apriva una voragine, un varco profondo, la tomba che avanzava per prenderli dentro. Era l'onda anomala, l'onda agghiacciante che castiga all'impatto, la ripida massa di tenebre: la morte. Ma non soltanto su loro convergeva quel mostro: andava, andava diretto, obbedendo a leggi segrete, inghiottendo senza alcuna rivalsa. Esso era in sé stesso imparziale, concedeva all'intorno il suo aspetto oscuro, spalancava la porta all'indietro riportando la vita alla vacua natura.

Qual è adesso lo scampo? Dove andare dopo tanto fuggire? A chi chiedere, se non al carnefice, se una via esiste da cui devierà il colpo?

«Domani. Un'altra volta» pareva rispondere quella madre nera ai suoi figli atterriti. «Ora lasciate, lasciate ch'io venga».

Come a un richiamo misterioso, anche gli altri apparvero sul pozzetto, Laura destandosi, Alfredo e Nino rinsavendo, tutti con gli occhi sbarrati, con gli sguardi incatenati a quel ruggito schiumante. Sulla sua mostruosa facciata, sembrò loro di scorgere le catastrofi, le guerre, le inique vicende, e sentirono l'urlo dell'odio e del sangue, delle anime e dei corpi da sempre violati. Il suo intreccio di moti distorti, infilzati in un avido abbraccio, si estendeva dal fondo imperfetto e spingeva l'abisso al dominio, la sua collera voleva per sé tutte le forze del mondo. Poiché il mostro non era su quei cinque soltanto, cavalcandolo, demoni atroci ruggivano «È per tutti, per tutti, che osiamo venire».

Ma qualcosa affiorò, qualcosa di incredibile a sua volta. Soffiava, sotto l'onda innaturale, una bianca balena, pur'essa colossale, con il capo levato dall'acqua, lungo il limite ripido della voragine scura. E il suo occhio pareva scrutare la barca agghiacciata, e il suo bianco tessuto tagliava le onde, come marmo brillante, dominando e quietando per un vasto raggio di metri. La balena solcava l'orlo di acque, sparendo talvolta alla vista, dietro ondate rigonfie, ma soffiando pur'ella un getto potente di liquido dal suo sfiatatoio. Poi, d'un tratto, la creatura si immerse e sparì in un gorgo di vortici vivi, dentro cui si spegnevano le onde minori. L'equipaggio credette che anche lei avesse compreso la minaccia dell'orda terribile e che fosse fuggita nei ripari profondi. Quand'invece, improvvisa, riemerse, questa volta librandosi altissima, in un salto radioso. Dallo slancio del fondo marino, nell'aria, con la coda ritorta in un giro, la balena volò sulla vetta dell'onda mostruosa e la infranse, ben andata, onorata dal mondo, abbattendo l'enorme cascata con la sua bianca mole, su cui invano il nero spumoso schiantò la propria collera.

Gianni urlò di tornare di sotto, alla vista dell'onda residua, ancora terribile, che caricava verso di loro. Essa infatti piombò sulla barca e spazzò. Per fortuna la cabina era stata chiusa per tempo, il natante rollò, poi si coricò su un fianco e infine si risollevò, rimettendosi in salvo, in assetto di navigazione.

Gianni era rimasto avvinghiato al timone, riuscendo a non farsi rapire dal mare. Dopo pochi secondi, la cabina si aprì e spuntò fuori la testa di Laura, sorrideva, felice di vedere lì il suo compagno.

* * *

La prua solcava le acque calme del porto, oltre il faro intermittente all'imbocco, il cielo terso brillava di una luna crescente e le luci del piccolo paese facevano festa, inerpicandosi su per l'alta montagna. Nessuno badò a loro che, silenziosi, cercavano un punto per attraccare. Gianni e i ragazzi remavano sparsi sulla coperta, Laura invece era seduta a prua, intenta a legarsi i capelli dietro la nuca, offrendo il suo dolce profilo alla luna.

«Era lei sotto i miei piedi... Era quella balena, non gli scogli».

«Sì, era lei».

Nino si voltò un attimo a quel breve dialogo, senza parlare, sembrava perplesso. Sentiva l'anello nelle mutande pungergli le natiche, ma resistette e, girandosi, continuò a remare insieme agli altri.

Virarono verso un molo interno, per ormeggiarsi lontano dal rigurgito delle eliche dei grossi traghetti. Tra un gozzo e un meteor, infine, scovarono un posto. Accorse subito un gommone illuminato, con due marinai del luogo che chiesero conto; dovettero convincerli a non farsi mandare via, ma nessuno parlò loro della burrasca. Poi scesero a terra in cerca di un telefono e di qualcosa da mangiare, forse con lo stesso animo con cui si erano imbarcati, forse con uno diverso o attendendo l'occasione per capirlo. La barca restò vuota, specchiando la poppa nei riflessi di luce sull'acqua: lì portava i segni dei colpi di mare, lì, affiancato all'immagine della stella marina, stava scritto il suo nome.

L'età breve

L'aria condizionata si spandeva silenziosa nell'ampio locale, un brivido percorse la pelle del giovane mentre il flusso gli saliva su per il naso, una carica sintetica e fresca che gli stimolava le narici: non andava pazzo per quella roba, non c'era abituato. Sua madre, nella posa sbilenca della vecchiaia, stava davanti a dei ripiani colmi di leccornie e li scorreva con lo sguardo festoso. Il vestito sbracciato, a righe, e le scarpe di pezza ne mostravano la carnagione pallida, solcata da vene dalle sfumature violacee e cosparsa, qua e là, di macchioline brune. Sembrava una bambina povera dinanzi all'epifania dei regali, i bianchi capelli scomposti come se fosse appena venuta via da un gioco, era un po' goffa, piegata dai reumatismi, mentre cercava di collegare, poggiandovi sopra l'indice, le confezioni con le etichette dei prezzi attaccate di sotto. Poco più in là, Michele trovò l'espositore girevole dei periodici, le loro copertine traboccavano di corpi e volti femminili, di spessi patinamenti e titoli a effetto, ma non facevano al suo caso né a quello del nipote per cui voleva acquistarne uno. Invece, sugli scaffali adocchiò cose più interessanti, una pubblicazione scientifica, un'altra sul volo, tutte di genere divulgativo, ma erano argomenti ancora inadatti a un ragazzo di sedici anni in affidamento presso una comunità minorile. Ormai sul punto di rinunciare, scorse una rivista sulla natura con un numero monografico dedicato ai lupi, il primo piano di uno splendido esemplare nordamericano campeggiava dietro la scritta in grassetto “Dalla parte del miglior nemico dell’uomo”. La sfogliò, gli articoli erano scritti in un linguaggio semplice, mentre altre pagine recavano fotografie a colori e didascalie sulle abitudini di quei predatori. Decise che l’avrebbe comprata, anche perché gli era venuto in mente che, durante l’ultima telefonata dalla comunità, il nipote aveva detto che sulle montagne lì intorno erano stati avvistati proprio dei lupi. Lasciò scivolare la rivista nel cestino di metallo e proseguì verso il frigo delle bibite, voleva un succo di frutta alla pera, ma non ne trovò. Chiese a un commesso intento a riempire degli scaffali e gli venne indicato il bar, rinunciò perché lì all’autogrill gli avrebbero rifilato una bottiglina da dieci centilitri al costo di un litro. Sua madre gli andò incontro sorridendo, aveva in mano un clown di plastica contenente delle caramelle.

«Mamma, quanto costa?» chiese, infastidito da quello stupido aggeggio per bambini.

«Diecimila lire...» rispose la vecchia, ma si interruppe, imbarazzata dall’aver fatto i conti ancora nella vecchia moneta. Da quando l’euro era entrato in corso, il suo rapporto con i soldi pativa dell’angoscia di dover superare continue prove di idoneità. Su una donna come lei, forgiata dalla lotta contro la miseria del passato, tutto ciò aveva l’effetto di una sottrazione di prestigio e di forza che si aggiungeva a quella della vecchiaia.

Il figlio comprese la sua difficoltà e le fece segno di mettere le caramelle nel cestino, poi si diresse alla cassa dove l’addetta, una ragazza in grembiule azzurro, si alternava tra due file di clienti, quella del bar-ristoro e quella del market. Michele si accodò dietro a un tizio appassito coi baffi che aveva comprato una confezione di giochi da spiaggia, davanti a lui una signora graziosa, in uno chemisier di lino, stava pagando un cestino di insaccati e formaggi tipici della zona. Istintivamente, il giovane calò lo sguardo sulle gambe scoperte della donna, non erano male e l'uomo coi baffi accennò un occhiolino: piacevano anche a lui. Quando fu il turno di pagare, Michele ebbe la conferma che la madre si era sbagliata, in euro la scatola di caramelle costava il doppio e lui le lanciò uno sguardo di rimprovero, oltre i pannelli detector dove stava ad aspettarlo. La cassiera gli disse di rimettere il cestino di metallo tra gli altri già impilati, chiedendo poi dieci centesimi per il sacchetto di plastica con cui Michele uscì, insieme a sua madre, sul piazzale di sosta di un'area di servizio della Napoli-Salerno.

Erano le undici del mattino, il calore avrebbe raggiunto il suo zenit insieme al sole, già l'asfalto arroventato si scioglieva in chiazze di bitume e i pedoni cercavano di non incollarci le suole delle scarpe. La vecchia ne aveva calpestate un paio senza accorgersene, intenta com'era a muoversi in quello spazio ampio, controllando su ogni lato per paura delle automobili in manovra. La loro Panda 750 era parcheggiata presso la toilette, all'ombra di una tettoia in cemento, sopra la quale sventolavano i vessilli della compagnia petrolifera. Nell'automobile Michele rimase in silenzio, si sentiva un autista cui avessero affidato una vecchia signora da condurre in gita, quel viaggio di un centinaio di chilometri lo annoiava e si era rassegnato ad assolverlo come un obbligo. Certo, voleva bene a suo nipote, aveva piacere di rivederlo dopo due settimane che era stato condotto da una guardia municipale e da un'assistente sociale nella comunità di Montepennacchio, solo che non gli andava l'idea di una giornata tutta dedicata agli affetti familiari. Michele aveva trent'anni e promesse di una buona carriera, ma questo risultato richiedeva una grande concentrazione di energia e di volontà che, purtroppo, si diceva, solo molto oculatamente poteva destinare verso altri scopi e verso altre persone. Tuttavia, alla fine, c'era andato, stava accompagnando sua madre alla comunità di Montepennacchio per far visita al loro nipote sedicenne che, a furia di rapine e di droghe pesanti, li aveva costretti, un mese prima, a rivolgersi al tribunale minorile.

Mise in moto la Panda, la vecchia sorrideva e lui immaginò che fosse per la gioia di rivedere il ragazzo e per l'entusiasmo della gita, nemmeno lei era molto loquace ma ammirava ogni cosa come fosse il baraccone di una fiera. Priva di voci, l'auto ritornò sull'autostrada, disseminando idrocarburi e pensieri nel panorama. Il percorso Michele se l'era fatto indicare per telefono da un'operatrice della comunità: uscire a Battipaglia, seguire le indicazioni per Montepennacchio e poi, all'imbocco del paese, avrebbe subito trovato l'edificio. I finestrini chiusi attenuavano il frastuono dell'aria smossa dall'auto, malgrado il caldo Michele voleva tenere la madre al riparo dalla corrente, evitare che uno sbalzo di temperatura le potesse nuocere. Si era portato una radiolina a pile ma non riusciva a captare quasi nulla, l'apparecchio gracchiava a vuoto, poggiato sul cruscotto. Il suo fuzzing si confondeva con il rumore del motore, quando decelerava i due tornavano ad accorgersi che la scatoletta era ancora lì e sua madre le rivolgeva uno sguardo interrogativo. All'esterno, i campi scorrevano come immense ali di colore innestate sul corpo autostradale; rampe e tralicci avevano occupato la mitezza della natura già costellata di prepotenti costruzioni commerciali. Quella stessa automobile, che pure racchiudeva un viaggio di indulgenza, aveva da tempo smesso di essere incolpevole verso l'ambiente

Michele soffriva di sentirsi legato alla famiglia, cioè a sua madre, alla sorella Vincenza e a quell'unico nipote che era diventato un tormento da quando aveva imparato a cavarsela da solo. Ne aveva combinati di guai, nell'ultimo anno la polizia era venuta a casa due volte con un mandato di comparizione e Michele si era recato malvolentieri in questura per ricevere informazioni. L'ultima volta lo sospettavano di aver scippato, insieme a un complice, il Rolex a un rappresentante di commercio. Un agente fuori servizio aveva assistito alla scena e si era lanciato all'inseguimento ma, vistosi ormai seminato, il poliziotto aveva sparato un colpo, per fortuna mancando il bersaglio. Suo nipote era un volto conosciuto nel distretto di zona, Antonio Pischetola, a casa lo chiamavano Toni, già un disastro. Dal venerdì alla domenica spariva dal quartiere e con i soldi delle rapine comprava bei vestiti e cocaina. La sua faccia si era riempita di brufoli, gli occhi quasi sempre sbarrati e le mascelle contratte in un ghigno isterico: questo era Toni a sedici anni. Sua madre Vincenza, trentaquattrenne, di lui non ne voleva sapere più niente, diceva che l'avrebbe fatta solo diventare pazza, che l'unica soluzione era denunciarlo alla polizia. Vincenza aveva divorziato dal marito, non erano mai andati d'accordo, quando stavano insieme, di notte, svegliavano l'intero condominio con urla e botte, di giorno si tiravano i piatti in faccia, la casa era un campo di battaglia a tutte le ore. Alla fine, lei se n'era andata via con un altro, di dieci anni più vecchio, il cassiere di una grossa boutique d'abbigliamento; spariti per settimane, avevano atteso che le acque si calmassero.

Il padre di Toni aveva reagito male: minacce, scenate alla madre di Vincenza, una volta stava venendo alle mani anche con Michele, ma in fondo poteva solo sentirsi confermare l'evidenza. Dopo mesi, se ne fece una ragione, lasciò la città, andò a stare sull'Adriatico, trovò lavoro come cameriere e si diceva che ora avesse un'altra dalla quale aspettava un figlio. All'epoca di questi fatti, Toni aveva dieci anni, a quattordici aveva già iniziato con la coca e le rapine. Una volta spiegò a

Michele le tecniche che utilizzavano, si trattava di una professione con tanto di gavetta, lui era passato dallo scippo generico alle filate di banca: intercettavano uno che aveva appena prelevato il contante e lo derubavano, pestandolo anche a sangue in qualche strada desolata. Non si era mai servito delle armi, gli piacevano i lavori puliti; al massimo aveva fatto ricorso a un accendino o a un telefonino premuto nel fianco della vittima per simulare una pistola, il resto lo faceva la paura. Alla fine si era specializzato nei Rolex e in altri orologi di lusso, tutta tecnica, coraggio e disponibilità a spostarsi anche nelle province ricche d'Italia. Con un amico, quello scampato insieme a lui al proiettile dello sbirro, avevano fatto tre lavori nello stesso giorno, ricavandone una cifra notevole dai ricettatori. Non aveva mai dato niente in casa, teneva tutto per sé, in compenso soldi non ne chiedeva, in famiglia era il più ricco a soli sedici anni. La madre non volle più che si presentasse da lei, il tizio con cui adesso viveva non lo sopportava, i due si erano pure picchiati. Toni allora andò a stare con la nonna e Michele, gli ricavarono una camera da uno sgabuzzino, la vecchia lo adorava, quando qualcuno era arrabbiato con Toni lei diceva «Cambierà, cambierà, è un bravo ragazzo, è solo un figlio sfortunato!».

Infine, all'apice di tutta quella balordaggine, Michele si era rivolto al tribunale minorile attraverso un'assistente sociale. Vincenza aveva firmato e nel giro di due settimane Toni fu prelevato direttamente da casa, piangeva ma non si oppose, sentendosi in colpa come sempre quando veniva messo davanti alla verità.

La nonna aveva continuato a tenere il muso per giorni, parlava di lui tra le lacrime, Michele si sentiva a disagio di fronte alla sua reazione, gli sembrava una briga irragionevole e sentimentale. Lui lavorava con i computer, era un'attività moderna, sua madre era vecchia, il mondo di cui aveva fatto parte non esisteva più.

Un cartello segnalava che mancavano venti chilometri al casello, un Tir li superò e la vecchia lo seguì con lo sguardo, spaventata da quella mole ricoperta di colori e di avvisi internazionali. Tenevano prevalentemente la corsia di destra, non se la sentiva di correre, a causa di sua madre, era così impacciata, gli sedeva accanto come se fosse su una sdraio. Ne registrava il decadimento dovuto all'età, non solo l'aspetto ma anche la mente perdeva colpi, i dispiaceri e i problemi avevano accelerato la china degli anni. Gli pareva che uno dei sintomi fosse il rapporto con il sonno, i vecchi si alzano sempre più presto o dormono poco e quando dormono molto è perché sono ammalati o decisi a morire. Quella mattina, pronta già alle sette, lei gli aveva portato il caffè, Michele aveva continuato a dormire e solo alle dieci si erano messi in viaggio. Aveva lavorato fino a notte fonda, lui e il socio, Paolo, gestivano uno studio di grafica e di servizi internet, la cosa iniziava a funzionare ma richiedeva grande impegno. In quei giorni si occupavano di un progetto importante, stavano creando il sito web per la federazione regionale di un grande partito di sinistra, lo zio del suo socio era un funzionario della sezione cittadina. Al di là del guadagno, i politici chiedevano di tener conto della causa, i due erano intenzionati a fare bella figura e avevano organizzato vari incontri con il responsabile della commissione cultura per comprendere bene le esigenze del cliente. Si erano divisi il lavoro in modo da potersi supervisionare a vicenda, a Michele spettava l'authoring della pagina iniziale e quindi la notte aveva lavorato sull'animazione che doveva caricarsi all'ingresso nel sito. I nuovi software si basavano su linguaggi di programmazione sempre più potenti e la tecnologia si evolveva di continuo. Non bisognava perdere il passo: comprare nuovi manuali, leggere le riviste di settore, frequentare i forum di discussione sulla rete, accreditarsi agli stage in cui le grandi software house aggiornavano gli operatori sui loro prodotti. Era una lotta all'ultimo bit, ci si imbatteva anche in molte chimere, la web economy aveva già fatto i suoi tonfi e le vicissitudini commerciali di un programma o di un linguaggio potevano vanificare mesi di esercitazioni. Il problema, però, restava trovare lavoro, il boom di internet stava cavalcando anche il sud ma l'offerta surclassava la domanda. Tutti disponevano di un computer, procurarsi software piratati sembrava una delle passioni nazionali e la creatività, poi, era un'ossessione di molti. L'unico modo per essere competitivi consisteva appunto nello specializzarsi in servizi di qualità, senza disdegnare qualche benevolo appoggio. Michele e Paolo diventavano sempre più bravi e inoltre potevano contare anche su Claudia, la ragazza del suo socio, che in quel periodo stava per ottenere un appalto importante dal Comune per conto dello studio fotografico del padre. Se l'affare fosse andato in porto, il socio e Michele si sarebbero occupati della parte grafica e web, agganciando un grosso cliente pubblico. Lui era fiducioso, voleva mettercela tutta, Paolo un po' meno, non era ricco ma non se la passava male, non aveva le esigenze di Michele che invece mirava al benessere. In questo era più simile a Claudia che, sebbene fosse di famiglia ricca, si impegnava molto, forse era stata la sua educazione a renderla così competitiva e motivata. Insieme formavano una squadra, lui aveva fatto l'amore con Claudia, tutti e tre l'avevano fatto, c'era stata di mezzo la coca. Michele rimase stupefatto quando glielo proposero, non volle passare per un troglodita e si comportò come se per lui non fosse la prima volta. Solo che non era venuto, il suo sesso alla fine era rimasto turgido e asciutto, ma da allora aveva continuato a desiderarla, un desiderio puramente sessuale, una gioia vibrante al solo pensiero, tuttavia non avrebbe mai osato ferire il suo socio. Evitava quindi di trovarsi da solo con Claudia, sebbene a volte avesse l'impressione che lei, con grazia maliziosa, facesse di tutto per stuzzicarlo. Quando lo intuiva, Paolo non riusciva a celare la gelosia, forse si era pentito di quella sera, anche se non ne avevano mai parlato. Lui aveva già rinunciato a Claudia, la sua mente invece no, ma anche su questo Michele era fiducioso, bastava aspettare un po' di tempo.

Adesso erano arrivati al casello, la vecchia sonnecchiava, la radiolina riprese a trasmettere una musica estiva, lei aprì gli occhi e guardò il figlio che la rassicurò «Tra mezz'ora ci siamo».

Ma ci impiegarono di più, a un incrocio si accorse di aver sbagliato strada e dovette chiedere per poi ritornare indietro di qualche chilometro. Da lì, la segnaletica li guidò all'imbocco di una valle di frutteti e case coloniche attraversata dalla strada asfaltata, là sullo sfondo si ergeva la montagna. In cima a essa, su versanti opposti, si intravedevano due paesini separati da una macchia boscosa, Michele ignorava quale fosse Montepennacchio. Percorso il tratto spianato, l'auto si inerpicò sugli stretti tornanti, era bello elevarsi piano piano sulla valle, guardarla assumere forme e colori diffusi, scoprendo le geometrie armoniose dei campi. Un trattore marciava rumoroso sul lato più a ovest, passava tra lunghe schiere di alberi, ipotizzò che fossero meli ma non se ne intendeva abbastanza per riconoscerli a quella distanza. Durante l'ascesa tirarono giù i finestrini costellati di macchie e corpuscoli di insetti, l'aria imbevuta di odori selvatici prese a scorrere lieta nell'abitacolo.

«Che bellezza, eh Michele?» disse la vecchia ammirata.

Il giovane considerò prevedibile la sua gioia, chissà da quanti anni non andava in campagna e forse nemmeno in un parco pubblico, il verde doveva sembrarle per forza incantevole. La vecchia praticava solo il grigiore dei vicoli, il suo corpo aveva perso la cognizione degli spazi naturali, era saturo di tragitti preordinati e ristretti, di attraversamenti infiammati da tensioni e congestioni, analoghi al suo vecchio apparato cardiocircolatorio. Ma anche per lui valeva la stessa cosa, le onde elettromagnetiche dei computer a cui si esponeva non erano certo salutari, anche a lui mancava il verde, da tempo non si imbatteva in un arcobaleno o in un'ape che libava da un fiore. Arrivati a un bivio, un cartello indicava la via per Montepennacchio e un altro, in direzione opposta, per Profumo. All'altezza di una curva, incontrarono una villetta, una donna grassoccia stendeva panni su una corda tesa sul giardino fiorito. Michele rallentò e chiese della comunità, la donna, senza parlare, indicò più su con la mano, levando l'altra per ripararsi dal sole. Il giovane ringraziò, riprendendo la salita e, dopo un centinaio di metri, avvistarono i primi assembramenti di case.

Si accorse che da quell'altezza potevano scorgere il mare, le colline sull'altra parte della valle mostravano, oltre le loro chine a ponente, la distesa azzurra del Tirreno su cui la terra nodosa andava ad affacciarsi.

«Guarda laggiù» disse Michele alla vecchia. «Quello è il mare».

Lei levò il capo nella direzione che il figlio le indicava e fece un sorriso, non riusciva a distinguere bene a causa dei faggi che correvano lungo i bordi della strada, ma la sola notizia l'aveva illuminata. Già lieta al pensiero di incontrare il nipote, il suo buonumore aumentò per la vicinanza del mare. A Michele sembrò un cagnolino in procinto di ritrovare il padrone, gli pareva pronta a guaire e a fare festa, malgrado il vecchio corpo non fosse certo in grado di spiccare salti di gioia.

A mezzogiorno passato entrarono in paese, la strada curvava a gomito in una piccola piazzetta dove una statua di bronzo, cinta da un'aiuola, rappresentava una figura piatta e traforata con il braccio sinistro levato verso il cielo. Alla sua base era posto un cartiglio, pure di metallo, con un'incisione commemorativa AI COMBATTENTI sopra l'epitaffio a caratteri minuscoli. Svoltata la curva, Michele vide l'edificio della comunità e manovrò per parcheggiarsi nel lato esterno della strada. L'aveva riconosciuta dal cartello sopra la rampa d'ingresso della costruzione a due piani, piantata nel dislivello del ripido tornante. Il giovane uscì dall'auto stiracchiandosi, sua madre chiamò subito Toni e di rimando un cane abbaiò dall'edificio, facendo poi capolino lungo la rampa. Era un volpino con orecchie piccole e nervose sul pelo fulvo, dietro di lui comparve una donna bruna, nell'atto di sfilarsi gli occhiali e riporli nel taschino del suo vestito bianco.

«Basta, Schulz!» ordinò Claudia e subito il volpino si placò, iniziando ad annusare i nuovi arrivati. Sapeva chi erano: lo zio e la nonna di Toni, il ragazzo napoletano simpatico e folle che voleva sempre regalarle tutto. La settimana precedente si era incazzata di brutto con lui e con l'altro di Salerno, quello più grande e più taciturno del gruppo. Vide il giovane zio venirle incontro vestito con una maglietta verde e i jeans, istintivamente cercò una rassomiglianza col nipote ma non la trovò. La nonna invece, immobile accanto alla macchina, ebbe un'espressione che Claudia ricordò di aver notato molte volte sul volto di Toni.

«Entrate» disse. «I ragazzi arriveranno tra poco, sono andati a presentare i loro lavori di falegnameria a una mostra qui in paese».

I due erano evidentemente impacciati, un po' come lo sono sempre i parenti dei colpevoli, Michele si chinò ad accarezzare il cane che adesso scodinzolava, la madre strinse la mano della donna, sussurrandole soltanto il proprio cognome.

«Piacere, io mi chiamo Claudia, sono una psicologa» rispose lei. «Io e Silvio, che conoscerete tra poco, siamo i responsabili della comunità».

Michele fu sorpreso da quel nome, si avvicinò per presentarsi e si accorse della sua bellezza, distogliendo però subito lo sguardo. Lei li precedette all'interno della palazzina, dal vestibolo passarono in un piccolo ufficio dove una scrivania con tre sedie, un computer e due scaffali zeppi di faldoni costituivano l'arredamento.

«Posso offrirvi qualcosa da bere? Con questo caldo...».

Tutte e due fecero segno di no, ma con un po' di insistenza la psicologa riuscì a convincerli ad accettare un bicchiere di aranciata, li invitò ad accomodarsi sulle sedie di fronte alla scrivania e andò a prendere la bottiglia dal frigo in cucina. Mentre bevevano, la donna spiegò che la comunità esisteva da tre anni e che oltre a lei ci lavoravano un assistente sociale, due educatori e una cuoca, quasi tutti provenienti dalle zone lì intorno. Proseguì con gli elenchi dei laboratori e dei corsi rieducativi, dei riconoscimenti attribuitigli dalle autorità e delle collaborazioni con enti e associazioni. Aggiunse infine che la struttura poteva ospitare fino a un massimo di dieci ragazzi ma che presto avrebbero avuto a disposizione un secondo spazio di accoglienza. Parlando, Claudia prese posto dall'altro lato del tavolo, poi si alzò ed estrasse da un faldone una cartellina su cui "Antonio Pischetola" era scritto a pennarello.

«E Toni come si sta comportando?» esordì la vecchia. «È un bravo ragazzo, o no?».

Claudia sorrise mentre sfogliava la documentazione «È molto simpatico, è lui che ci tiene allegri qui. Canta spesso e non perde mai l'occasione per fare una battuta».

«Toni è un ragazzo sfortunato» continuò fiera la vecchia. «Se avesse avuto altri genitori...».

Michele la interruppe, non voleva iniziare un melodramma. «Scusi, ma il corso di informatica che svolgerete, di che tipo sarà?».

Ancora Claudia sorrise e levò lo sguardo dai fogli «Se non ti dispiace, preferirei che mi dessi del tu, io e te dovremmo essere coetanei. E poi è importante che tra noi e le famiglie dei ragazzi si crei un rapporto di amicizia. La vostra collaborazione è fondamentale».

Michele annuì e sua madre annuì insieme a lui, il giovane si sentiva molto attratto dalle donne con un ruolo dirigenziale. Era stato quasi un anno insieme a una piccoletta responsabile di un ufficio informagiovani, con lei si ubriacava spesso dopo l'orario di lavoro, cene seguite da videocassette o da scopate durante le quali chiudeva gli occhi e immaginava un'altra.

Claudia stette a fissarlo in silenzio, poi, rivolta alla nonna, disse «Toni racconta spesso di suo zio Michele. È un mito per lui, dice che è bravissimo con i computer. Li fa parlare, ha detto una volta».

La vecchia si commosse, girò la testa per nascondere i due lucciconi.

«Infatti sei importante per lui» proseguì Claudia, guardandolo e seducendolo. «Toni ti vuole molto bene, ti considera un punto di riferimento». Quell'affermazione lo mise a disagio, Michele ebbe il sospetto che si trattasse di una prassi e che lei li avesse attesi con quelle parole già pronte sulle labbra. Si turbò all'idea di dover fronteggiare le sue tattiche da psicologa, ma in più avvertì la propria vanità risentirsi del titolo di "zio prediletto" e di "collaboratore esterno" con cui la bella donna lo rimuoveva dal registro degli uomini che avrebbero potuto portarsela a letto.

Il cane, una macchia rossiccia, entrò scodinzolando, i tre lo accolsero con un sorriso e Schulz si insinuò tra le gambe di Michele, prendendosi carezze e buffetti giocosi mentre si accucciava sotto il tavolo.

«Toni ci ha parlato della sua famiglia» rivelò Claudia, sbirciando dai fogli dinanzi a lei. «Vincenza e il suo ex marito non sono stati degli elementi protettivi durante l'infanzia del ragazzo». La donna fece una pausa, nei suoi occhi apparve un bagliore acuto, quasi impertinente, si riavviò la massa di capelli scuri e poi continuò «Sapete bene che la vera famiglia di Toni siete voi due. Non è un caso che abbiate fatto il viaggio fin qui... da soli».

«La madre non poteva» si scusò commossa la vecchia. «Il suo nuovo marito non lo sopporta, è un brav'uomo ma non è il padre, capite signorina? Il padre è sempre il padre».

Rimasero a chiacchierare per mezz'ora e Claudia si profuse sulle anomalie nello sviluppo affettivo e relazionale di Toni, sull'esigenza di un armonico sviluppo della sua personalità, sull'importanza di donargli di nuovo il gusto alla vita e di rivalorizzarlo. Fu una specie di intreccio tra psicologia evolutiva e libro *Cuore* e il suo volto aveva tanto fascino e i suoi modi tanta cordialità che madre e figlio caddero nel vortice delle parole. All'improvviso si udì il rombo di un motore e, attraverso la finestra, videro un furgone azzurro parcheggiare di fronte all'ingresso. «Eccoli» annunciò la psicologa. «Toni potrà finalmente incontrarvi!».

Michele si alzò mentre il cane si fiondava verso l'uscita, il suo abbaio giunse loro insieme al brusio di giovani voci, più che emozionato, lo zio era curioso dell'aspetto e della reazione che avrebbe avuto Toni. Nel vestibolo si imbatté nel primo ragazzo che entrava, basso di statura, vestito di una tuta sportiva e i capelli gelatinati come il mare notturno in un dipinto a olio. I due si incrociarono e Michele annuì con un sorriso, l'altro non aveva più di tredici anni ma già ostentava un aspetto da ometto assorto nei pensieri. Il ragazzo gli dedicò giusto un'occhiata e proseguì verso l'interno, chiamando Claudia in un'intonazione che palesava il suo avvilimento. Michele udì la voce di sua madre salutare con un buongiorno affettato e la psicologa che domandava «Allora Giorgio, com'è andata?».

In strada il gruppo di adolescenti era allietato dalle piroette di Schulz che saltava da una carezza all'altra. Michele individuò Toni mentre questi aveva appena riconosciuto la Panda e, un attimo dopo, ne incontrò lo sguardo eccitato. Il ragazzo si precipitò verso di lui, pronunciando il suo nome con l'apposizione di uno "zio" che mai aveva usato, come per chiarire ai presenti di chi si trattasse. Si abbracciarono, Michele cercò di superare la propria freddezza e dimostrarsi affettuoso, Toni invece fu caloroso e quasi disperato nello stringersi a quella figura cara. In breve lo presentò agli altri compagni, in una sfilza di otto nomi, tra cui Silvio, l'educatore magro e barbuto che li aveva riportati in comunità. Questi gli diede la mano e poi, con ansia malcelata, si dileguò nell'edificio da dove invece la vecchia usciva, lanciando un grido stridulo verso il nipote. Un istante dopo i due si tennero in un silenzioso e profondo abbraccio, la nonna piangeva mentre Toni le sussurrava «Amore mio, amore mio!».

Uno dei ragazzi chiese a Michele quanto tempo ci avessero messo a venire da Napoli e a che velocità fossero andati. Gli altri gli ciondolavano intorno, silenziosi, come se quella visita e le sue effusioni d'affetto avessero acuito di colpo la loro solitudine. Alto e ricciuto, uno domandò se dentro ci fossero anche i suoi genitori, Michele dovette negare e gli lesse negli occhi una delusione subito ricomposta. Alla fine, Toni strappò lo zio e la nonna alla compagnia e volle andare a sedersi in macchina, dove prese il posto di guida. Armeggiando con la radiolina portatile, parlava a raffica e i due lo ascoltavano in piedi davanti allo sportello spalancato. Aveva tante cose da raccontare ed era così agitato.

«Abbiamo fatto la mostra di falegnameria, Silvio ci ha fatto presentare i lavoretti, c'era anche il sindaco di qui. Io ho costruito sei cornici e uno sgabello, dopo ve li faccio vedere. Qui la sera fa freddo, dormiamo con la coperta, l'altro giorno ho cucinato io, Elisabetta è la cuoca e mi ha insegnato a preparare gli spollichini con la pasta, ve li faccio assaggiare stasera. Abbiamo la squadra di calcio, io ho il numero nove e abbiamo sfidato i ragazzi del paese, con noi gioca anche Silvio, l'educatore. La prossima settimana andiamo al mare. Ah, mi avete portato un costume? Mamma non è venuta? Come sta? E mio padre? Io gli ho telefonato, ha detto che viene a trovarmi».

Aveva il volto più rilassato, ma un'espressione di tristezza profonda affiorava dietro la gioia del momento, i capelli non erano più impregnati di gelatina come al solito e i brufoli andavano scomparendo. La nonna disse a Michele di prendere dal bagagliaio la borsa con la biancheria e gli asciugamani che gli avevano portato e, mentre lo zio eseguiva, lei diede a Toni il contenitore di caramelle a forma di clown. Lui lo aprì e ne mangiò meccanicamente, offrendone anche a loro, poi li guidò alla palazzina dove intanto tutti gli altri erano rientrati.

«Sai, Michele, Gianni non è tornato dalla falegnameria, forse è scappato».

«Chi è Gianni?».

«Uno di noi. Quando stavamo per salire sul furgone, Silvio si è accorto che non c'era. L'abbiamo cercato ma non stava da nessuna parte. Alla fine, siamo partiti senza di lui, l'educatore ha detto che forse si era avviato a piedi, che stronzata! Io credo che sia fuggito».

Entrarono, questa volta passando oltre l'ufficio, girarono a sinistra e superarono il calciobalilla su cui si stavano affrontando quattro dei ragazzi, la palla carambolava frenetica di sponda in sponda, ma dal gruppo non si levavano grida o incitamenti. Là dietro, una scala conduceva al piano superiore e, nella sala intorno, pitturata da mani incerte, si affacciavano gli ingressi dei servizi e di alcune camere. Toni aprì la porta della sua, sorprendendo il ragazzo alto e ricciuto di prima che si sfilava la maglietta.

«Questo è Gioacchino! Qui dentro dormiamo io, lui e Gianni» esclamò, incurante.

La camera, oblunga e bianca, era in gran parte occupata da due letti a castello di metallo rosso, addossati alla parete di fronte all'entrata. Un armadio sporgeva dal muro su parte della finestra e il legno recava scritte e adesivi tra cui le decalcomanie di tre nomi: Toni, Johnny, Joe.

«Posso mettere un po' di roba dalla tua parte, Gioacchino?» chiese Toni. L'altro annuì, poi si immobilizzò, a torso nudo, osservando il travaso di indumenti dalla borsa all'armadio. Toni canticchiava, la nonna chiese il permesso e poi andò a sedersi su uno dei letti mentre Michele decifrava i dettagli della minuscola stanza. Scorse sul comodino uno stereo traboccante di compact disc sparsi sullo chassis e sul ripiano di legno, subito Toni si precipitò a fargli ascoltare una compilation tecno che gli aveva registrato un dj dal nome querulo. La musica salì dagli altoparlanti, in un tiranneggiare di bassi sugli alti, e una voce di ragazza londinese scandì il ritmo in una frase ripetuta, stretta intorno alla parola "Love". Toni, accovacciato davanti all'apparecchio, levò la testa verso Michele, poi corse con lo sguardo alla nonna seduta sul bordo del letto, la vecchia sorrideva e per un attimo accennò un battito di mani. "Nonna, ai tempi tuoi te li facevi i party, o no?" esclamò il ragazzo e il volto di Gioacchino, sempre immobile e a torso nudo, si illuminò di un ghigno idiota che si spense quando Toni stoppò la cassetta su richiesta di Michele.

«Ti ho preso un giornale» disse lo zio.

«Un giornale, e che giornale?».

«Sta in macchina, andiamo!».

Le fotografie dei lupi gli piacquero, ma non lo entusiasmarono, lesse qualcuna delle didascalie ma trovò interessante solo quella in cui si spiegava che il morso dell'animale esercita una pressione di oltre cento chilogrammi per centimetro quadrato. Domandò se un pit-bull superava questa forza, lo zio non seppe rispondere ma, per invaghirlo della rivista che non riceveva il successo sperato, volle sapere dell'avvistamento di lupi di cui aveva parlato per telefono.

«Volpi» lo smentì Toni. «Ho detto che ci sono le volpi, non i lupi!».

Michele si batté una mano sulla fronte «È vero!» esclamò. «Che fesso che sono!» e si stupì di avere confuso i due animali, come se il lapsus potesse celare un significato. Silvio venne a interromperli, ora aveva un'aria un po' depressa, chiese se avrebbero pranzato insieme a tutti loro, ma Toni scalpitava dalla voglia di andarsene a fare un giro e, quindi, i tre declinarono l'invito. Appena la nonna si sistemò in macchina, il ragazzo disse che voleva prendere una cosa in camera sua e si tirò dietro Michele. All'interno furono accolti dal rumoreggiare delle sedie che i ragazzi radunavano nella sala da pranzo. La sala era arredata con mobili spaiati, presi da qualche vecchia casa di montagna, pezzi rustici di spesso legno in tonalità differenti, sormontati dall'idillio di un arazzo in posticcio stile neoclassico. Claudia e Silvio davano disposizioni per apparecchiare la tavola ovale di marmo e, a parte qualcuno che rimaneva seduto e pensieroso, tutti si muovevano con estenuante lentezza. Sebbene il rimando a un ambiente domestico e il tono amichevole degli educatori tentassero di elevare quel luogo dalla sua condizione, per un attimo esso si rivelò a Michele come una colonia penale per ragazzi, e la mutezza, la fiacca obbedienza, gli parvero ritmati da invisibili catene. Forse, rifletté, a dipingergli così quella scena era il pregiudizio, o forse lo sconforto di dover constatare la colpa attraverso la pena. I condannati apparivano individui generici, accomunati dall'esibizione di una relazione disperata con la morale forzosa della riabilitazione. Sulle loro figure, le caratteristiche, i particolari, svanivano insieme alle aspettative di compassione. A essi restava la possibilità di assecondare l'osservatore per impedirgli di scrutare in ciò che in cuor loro nutrivano, o di sfidarlo a chi tra i due avrebbe compreso per primo l'animo dell'altro.

Toni fece cenno allo zio di entrare nella camera e poi serrò la porta alle loro spalle. Salì su uno dei letti in alto e cominciò ad armeggiare con la spalliera di metallo, dalla quale tirò via una delle guarnizioni di gomma, scoprendone l'incavo. Proprio in quell'istante la porta fu aperta da Gioacchino, Toni gli ingiunse di venire dentro e di richiudere subito per mettersi di guardia. Michele capì che stava accadendo qualcosa di vietato e avvertì il disagio di esserne coinvolto dinanzi al nuovo entrato, ma il nipote parve leggergli nel pensiero e sussurrò «Non preoccuparti, Gioacchino è un amico». Un istante dopo, Toni pescò dall'interno del tubo un pezzo di fumo scuro, avvolto nel cellophane, di circa trenta grammi. «Così possiamo farci una canna!» disse, e tirò fuori dalla tasca dei jeans un coltello dal manico arcuato e, con uno scricchio, lo aprì in una sinuosa lama catalana con cui tagliò un pezzo dell'hashish. Quando richiuse tutto, cessato il rischio che uno degli educatori li scoprisse sul fatto, Michele sentì salirgli in gola la rabbia, si rendeva conto di avere sempre a che fare con un ragazzino balordo che aveva molestato la tranquillità di tutta la famiglia. In passato si erano fatti qualche canna insieme, ma Michele non gradiva che si sapesse che lui fumava, specie in un posto del genere e davanti a un minorenne che stava lì per abuso di droghe. Il ghigno quasi beffardo di Gioacchino, schiacciato contro la porta alle sue spalle, lo mise a disagio, gli parve quello di un complice in manette che fissasse il compare squagliarsela inosservato tra la folla.

In auto però gliela fece pagare, senza spiegarne il perché alla nonna lo lisciò ben bene con violenti «chi cazzo ti credi di essere?» e «per chi mi hai preso?». La vecchia domandò più volte cos'era successo ma poi lasciò perdere. Michele si calmò solo quando intravide nel retrovisore la faccia triste del ragazzo sul sedile posteriore, allora si ricordò che erano venuti lì per lui e troncò. Chiese una sigaretta, lui che fumava di rado, e Toni gli allungò una Marlboro già accesa.

«Da che parte?» esclamò, espirando il fumo.

«Su, andiamo su, in cima!» rispose l'altro, rianimandosi.

«Io ho fame però! Voi no?». La nonna celò un sorriso, riconobbe che alla fine quei due avevano sangue della stessa dolcezza.

La centrale elettrica sembrava abbandonata, da lassù si ammirava il panorama a levante, le valli, la catena appenninica e i fitti insediamenti abitativi. Il sole dardeggiava alto allo zenit, il mare si profilava oltre i ridossi a ovest e la sua superficie era solcata dalle navigazioni verso i vicini porti commerciali e turistici. Stavano seduti all'ombra, mangiando i panini comprati all'unico negozio che avevano trovato aperto. Michele e la nonna parlavano poco, Toni raccontava delle due settimane in comunità e dei lavori che aveva svolto insieme agli altri ragazzi. Uno degli educatori possedeva un podere dove avevano fatto delle riparazioni allo steccato e riverniciato la rimessa, era stato un lavoro duro, per via del caldo, ma anche divertente. Raccontò anche di Gioacchino, il ragazzo salernitano con cui divideva la camera, erano lì per gli stessi reati, solo che lui per rapinare un vecchio lo aveva massacrato di botte, riducendolo in fin di vita. Dopo la merenda, fecero un giro dietro la costruzione di cemento da cui partivano i piloni delle elettrocondutture, alla base di uno di essi scoprirono una colonia di coccinelle, centinaia di esserini forse attratti dalle scariche elettrostatiche. Gli insetti erano tutti concentrati in un punto, come volessero entrare dentro lo zoccolo di cemento, lentamente ammucchiavano i loro corpicini in una massa rossiccia che ruotava solenne e precisa. Qualcuna di esse cadeva, ritrovandosi a pochi centimetri dalla colonia, e subito si incamminava verso quel vortice pacato di elitre maculate. I tre stettero ad ammirarle, Michele pensò alla torre di Babele, immaginando che volessero scalare l'apice del pilone, poi pensò alla Mecca col suo lento ruotare di fedeli e infine a un corteo che cercasse di forzare uno sbarramento. Su proposta di Toni, ebbero l'idea di portarne via un po', come amuleti contro la cattiva sorte; presero una scatola di metallo dall'auto e il ragazzo, raccogliendone a piene mani, vi versò un centinaio di coccinelle. Gli insetti non ebbero alcuna reazione, non uno osò prendere il volo, nel nuovo ambiente iniziarono a ricomporre lentamente il mucchio.

«Io dico di aspettare ancora» suggerì Silvio. «Se non si fa vivo, allora avvisiamo i carabinieri». La tensione gli faceva accusare ancora di più il caldo della giornata e ogni tanto si asciugava le gocce di sudore sulla fronte.

«Ma se è scappato, noi siamo tenuti a comunicarlo subito. È nel nostro interesse» ribatté Claudia. Le porte dell'ufficio erano state chiuse accuratamente per non farsi ascoltare dai ragazzi, dopo tre ore ancora nessuno di loro aveva chiesto come mai Gianni non fosse tornato. Silvio era intenzionato a non sollevare polveroni inutili, fin quando in una comunità giudiziaria le cose funzionavano bene, il giudice non faceva altro che dare disposizioni, ma in caso contrario, i rifiuti, i controlli, gli ostacoli da parte del tribunale dei minori aumentavano.

«Dovremmo chiamare a casa del fratello e cercare di capire se si è fatto vivo lì» propose Claudia.

«E non pensi che potrebbe avvisare lui i carabinieri? Te lo ricordi? Tra loro due non corre buon sangue».

«Gli potremmo dire la verità, che non siamo ancora sicuri e che vogliamo aspettare».

«No». Silvio si alzò dalla sedia. «Io adesso faccio un altro giro, secondo me si è imboscato da qualcuno in paese».

«Dovremmo parlarne anche con gli altri ragazzi...».

Ma Silvio continuò senza badarle «Potrei chiedere a quel Nunzio, il figlio dell'incaricato al turismo. L'altro giorno, lui e Gianni parlottavano in piazza».

«Stai pensando a quello che si vocifera?» insinuò Claudia.

«Che i nostri hanno venduto l'hashish in paese?» soggiunse l'altro.

«Già! Magari c'entra con la sua fuga».

«Io non ci credo. Ieri, quando siete andati al campo di calcio, ho guardato dappertutto e non ho trovato nemmeno una cartina».

«Non potremo mai esserne certi».

«Sai come la pensano in paese, i loro figli sono d'oro, guai a chi glieli tocca! Comunque andrò a fare un altro giro» concluse Silvio.

Claudia voleva darsi da fare «Io intanto chiamo Vito e gli racconto tutto, almeno lui lo deve sapere».

A quel nome Silvio si infiammò, Vito era il coordinatore della comunità e tra di loro vigeva una continua competizione, si scontravano spesso e la tensione aveva messo in crisi il gruppo su svariate decisioni.

«Sì, ma lui si allarmerà subito» ribatté Silvio. «Digli che non siamo sicuri di niente e che dobbiamo stare calmi. Pure due anni fa, con un ragazzo pugliese, ci fu un falso allarme».

«Io non c'ero ancora» sottolineò lei.

«Beh, era simile a ora».

«Ma non c'erano in ballo dei finanziamenti come quelli che abbiamo richiesto. Una fuga deporrebbe male nei nostri confronti, il parere del ministero è importante e la Sarnelli è già molto fiscale. Sarà che questo posto deve continuare a essere un buco maledetto...».

«Non mettere il carro davanti ai buoi» la interruppe Silvio. «Anzi lascia stare, tanto Vito, lì dove si trova, non potrebbe fare niente più di noi, dammi un altro po' di tempo, sono sicuro che lo troverò. Sarà stata una ragazzata. Come può fuggire da quassù?».

«E se poi ti sbagli? Se è scappato?» esclamò lei, calando poi il tono della voce per paura che giungesse oltre la porta. «Che diciamo alla Sarnelli? Che ce ne siamo accorti solo dieci ore dopo? Così oltre alla fuga si aggiunge anche l'omissione, e addio progetto, addio finanziamenti».

«Chi se ne frega» sbuffò Silvio. «Io invece penso a quello che diranno Vito e Alessandra quando lo verranno a sapere. Vito, con la sua saccenteria millanterà che lui avrebbe saputo evitarlo, se è per questo si sente il mago degli educatori. Almeno poteva capitare quando sarebbero stati di turno loro. Invece se la stanno spassando al mare dopo che qua già non fanno un cazzo».

Stettero in silenzio per un attimo, Claudia aveva scelto di essere il punto fermo della situazione, si avvicinò e prese ad accarezzargli i capelli, poi si baciarono con un gemito.

«Dobbiamo essere uniti» sussurrò.

«Sì» rispose lui chiudendo gli occhi. «Non so chi dobbiamo temere di più, il magistrato, i colleghi o i ragazzi stessi».

Si abbracciarono e rimasero stretti per un po', poi lei si staccò, fece un passo indietro e lo fissò con un sorriso ironico, indicando tra le sue gambe «Mi sbaglio o...?».

Silvio annuì passandosi una mano tra i capelli, si intimidiva sempre quando era Claudia a parlare del suo sesso, in fondo restava un uomo di montagna di fronte a una donna che ostentava la propria emancipazione. La tensione e il contatto sensuale gli avevano procurato un'erezione che almeno servì a distrarli un istante. Lei si avvicinò e glielo strinse piano, pensò alle *mete nevrotiche* di Adler mentre gli baciava la guancia e provava a rassicurarlo «Non siamo noi ad aver sbagliato. Tu volevi aiutarlo, volevi il suo bene».

«Quel bastardo» sbuffò Silvio, piano. «Quando lo prendo lo faccio tremare».

«Non angosciarti, vedrai che capiranno, noi non potevamo fare di più» sussurrò mentre gli accarezzava ancora i capelli.

Silvio si sottrasse «Adesso vado. Tu non muoverti da qui».

Aveva appena aperto la porta ma lei lo richiamò e sottovoce disse «Ti amo». Mezzo minuto dopo, lui era sul furgone azzurro già in moto, inserì la prima ed esclamò «Bastardo, dove sei andato a finire?».

L'uomo sedeva da solo a un tavolino, nel calore della controra le strade erano deserte, tra i pochi clienti che spendevano il pomeriggio al bar della piazza centrale c'era lui. Lì vicino, sotto gli ombrelloni premurosi del locale, stavano quattro vecchietti, lenti e silenziosi giocatori di tressette. Riusciva a dissimulare la sua agitazione a patto di starsene lì fermo, aveva appena spento nella tazzina di caffè la sigaretta, guardò l'orologio: le tre e venti. Accese un'altra sigaretta e poi si voltò, all'interno del bar il proprietario era occupato a leggere il giornale.

«Giacomo» gridò. «Un altro espresso. E mettici un goccio di anice».

Il barista si distolse calmo dalla lettura e andò alla macchina del caffè, proprio in quel momento l'auto giunse nella piazza e andò a parcheggiarsi, spezzando la fitta coltre di silenzio estivo. L'uomo seduto al tavolino la seguì con lo sguardo, sapeva che non apparteneva a qualcuno del paese e attese che gli sportelli si aprissero per capire di chi si trattasse. Il primo a spuntare fuori dalla Panda fu un ragazzino, l'uomo ebbe un leggero sussulto nel vederlo e irrigidì il collo. Toni aiutò sua nonna a uscire dalla vettura e poi guidò lei e suo zio verso il bar, chiacchierava con loro divertito. La mente sfuggì al controllo dell'uomo e iniziò a partorire congetture che inquadravano le tre figure nelle sue preoccupazioni, istantanee sulla loro eventuale pericolosità. Il ragazzo invitò i suoi a sedersi al tavolino sul lato più esterno, da lì si ammirava il panorama della valle, poi entrò nel bar e ordinò da bere, nel gruppo sembrava il più pratico del luogo. L'uomo notò e disapprovò intimamente, pur sapendo che fosse sbagliato a quel punto continuare ad angosciarsi. Doveva allontanare l'idea che gli assillava la mente, si disse che in fondo era brava gente venuta in gita e la presenza della vecchia lo rassicurò.

Il barista portò il caffè corretto che gli aveva ordinato, lo posò sul tavolino e tentò un commento sul caldo ma l'uomo lo ignorò, continuando a fissare il vuoto, l'altro allora si avvicinò ai suoi nuovi clienti. Dall'interno giunse il suono del videogioco azionato da Toni, l'uomo volse la testa all'indietro ma non poteva vederlo, sentì invece il barista chiedere a Michele conferma delle consumazioni.

Sorseggiò il caffè, il gusto dolce e alcolico lo scosse, ripose la tazzina sul piattino e iniziò a girare il cucchiaino sul bordo, aveva preso quest'abitudine da suo padre. Suo padre. Lo amava oppure lo odiava? Ogni tanto si illudeva di averlo dimenticato, erano passati dieci anni ormai, non aveva versato una sola lacrima al funerale, invece dopo un mese prese a piangere tutte le notti, fingendo che non fosse per il padre, ma in fondo ne sentiva la mancanza.

Il giovane lo aveva guardato. Perché? C'era qualcosa di strano nel suo aspetto? Con le mani si stirò la camicia, forse si notavano macchie di sudore sotto le ascelle. Oppure... No, doveva convincersi che non aveva guardato lui, si era semplicemente voltato dalla sua parte, ora infatti stava bevendo, non gli badava affatto. Toni uscì dal bar e prese posto accanto alla nonna, l'uomo sentì di nuovo quella sensazione di disagio, il ragazzo lo infastidiva. Certo! Faceva parte della comunità! Gente pericolosa, altroché. Che cosa li portavano a fare là? Il sindaco era un coglione a permetterlo, gliel'aveva pure detto. Vito, dovevano ringraziare lui se bande di delinquenti frequentavano il paese, l'aveva voluta lui quella baracca. Soldi, per i soldi che gli dava lo Stato, per questo se li facevano mandare dalla città e da altri posti di merda. Se, come dicevano, avevano bisogno di aiuto, non potevano riceverlo a casa loro? Brava gente, no, non era brava gente. Vito l'aveva allevato proprio suo padre, uno di quei piccoletti che si tirava dietro a suo tempo, cazzi pieni d'acqua, «I miei amici» li chiamava. «Compagno Agostino, hanno telefonato dalla sezione provinciale, scendi!». «Compagno Agostino domani si parte alle cinque per Roma» quelle voci sotto il balcone, a tutte le ore. Il padre era stato un comunista, uno battagliero, che credeva in quello che faceva, che non si teneva niente dentro, quando c'era da dire lui diceva e basta. Il monumento in paese, quanti casini per erigerlo, colpa di quel pugno alzato. Era dedicato ai combattenti per la libertà d'Italia, no? E allora perché farne dei comunisti? Lui se ne ricordava bene, aveva vent'anni, il prete era stato uno degli avversari più agguerriti. Ma poi l'aveva spuntata quel pugno chiuso voluto da suo padre, un'opera d'arte l'avevano definita i giornali, lo scultore era morto l'anno successivo e questo aveva chiuso ogni polemica, un'opera d'arte per i combattenti, col pugno chiuso. Un bel risultato per uno che voleva solo ubriacarsi di rivoluzione.

Ora stavano ridendo, forse di lui?, si chiese. Il ragazzo si era voltato un attimo, magari a sbirciare cosa stesse facendo, casomai si fosse reso conto che parlavano proprio di lui. No, non poteva essere, non stava facendo niente che potesse metterlo in ridicolo. Forse i capelli, aveva forse i capelli in disordine? Si passò una mano sul capo, ma erano a posto, al solito si stava insospettendo per nulla, quelli nemmeno lo conoscevano, a parte il ragazzo... Il ragazzo, ecco il problema, lo metteva in agitazione, non stava da molto in paese ma lui l'aveva visto già diverse volte, con gli altri e con Vito, quello che credeva di poter salvare il mondo, il fanatico. E poi c'era quella bella dottoressa, quella di Capaccio, una mattina le aveva offerto pure il caffè e sembrava che gli avesse fatto un piacere ad accettarlo, ma leccami il cazzo! Brava gente, proprio brava gente, impegnati nel sociale per farsi una carriera, per dimostrare di essere qualcuno, mettersi al di sopra, sentirsi eroi. Tipi così si danno delle arie ma in fondo sono imbroglioni, si spacciano per buoni, puntano il dito sugli altri, li giudicano e ne sparlano tra loro per credersi diversi.

Giacomo il barista stava chiacchierando con la vecchia, le

raccontava del paese, com'era vent'anni prima, l'uomo avrebbe voluto intervenire, ne aveva di cose da dire. Il barista era un tirchio, figurarsi come gli faceva piacere che venissero da lui a spendere soldi, per questo si prodigava tanto a intrattenerli, per tornaconto personale. Si era pure comprato la casa al mare, d'estate ci mandava la famiglia e lui continuava a lavorare, per farsi grasso, il bar l'aveva ereditato, mica merito suo. Invece il padre aveva sprecato la sua vita a occuparsi degli altri, impegnato in lotte inutili che lo tenevano lontano da casa per giorni, anche per settimane. Il Partito, c'era sempre il Partito di mezzo, per causa sua aveva trascurato la famiglia, aveva trascurato la moglie, si era dimenticato del figlio. Quando lui voleva una mano era sempre stanco o indaffarato, non aveva mai tempo per il figlio, per gli altri sì invece, per gli altri sì. Suo padre lo aveva rovinato, se soltanto gli avesse prestato più attenzione quand'era il momento, invece di badare alle sue cose, se lo avesse accettato invece di fuggire sempre via, a ubriacarsi di rivoluzione come diceva sua madre buonanima. Sarebbero potuti andare via da lì, cambiare, magari vivere in città, lui avrebbe avuto tempo per amare sua madre, per renderla felice. Invece era stato un egoista, li aveva rovinati, lasciati senza possibilità, senza un soldo, a parte la casa dove viveva da solo dopo la morte della madre. Sì, lo odiava, perché a lui non aveva dato niente, insegnato niente, era stato troppo preso da sé stesso, dal suo vizio per la politica, dalla folle idea di cambiare la società. Rovina, quelli come lui alla loro morte lasciavano solo rovina, famiglie distrutte e chiacchiere. Adesso rimanevano quei bastardi della comunità, quegli inetti che portavano in paese dei criminali, come quel ragazzo seduto lì fuori che lo metteva a disagio. Eppure c'era qualcos'altro, qualcosa che non riusciva a ricordare. Poco prima era passato da casa a cambiarsi i vestiti... anche le scarpe. Voleva accendere la vecchia stufa a legna, il suo amico l'aveva dissuaso. «Con questo caldo non è una buona idea» aveva detto. No, no, ecco, si era trattato di uno di quei maledetti incubi che lo perseguitavano di notte, solo che invece del padre aveva sognato un amico, un caro amico...

Giunta la sera fu tempo di andare, Toni era restio a lasciarli partire, tendeva a farsi sempre più nostalgico e tenero, baciò la nonna diverse volte ma Michele no, tra loro il contatto era difficile. Lo zio spiegò che era prudente non avventurarsi troppo tardi sull'autostrada dove avrebbero sicuramente trovato traffico, così alle 18,30 ribadì che intendeva avviarsi. Stavolta Schulz riconobbe l'auto non appena parcheggiò di fronte alla rampa, venne a scodinzolarle intorno mentre gli sportelli si aprivano. Claudia era seduta al tavolo in ufficio e attendeva la telefonata di Silvio, in precedenza aveva parlato con Elisabetta, la cuoca, rivelandole della fuga e pregandola di impegnare i ragazzi con la preparazione di un dolce per cena. La donna aveva chiamato anche sua figlia che conosceva una ricetta di pasta di mandorle, in modo da tenere tutti impegnati a sbucciarle.

Prima di varcare la soglia dell'edificio, Toni si arrestò di botto e, tuffandosi tra le braccia della nonna, scoppiò in lacrime. «Portatemi via con voi» la pregò. Poi, senza il coraggio di implorarlo direttamente, invocò lo zio col viso sul petto della vecchia. «Zio, zio Michele, non mi lasciare qua!».

Michele si sentì a disagio, sapeva di non poterlo accontentare, guardò la vecchia piangere insieme al nipote e nei suoi occhi colse il mistero di chi è disposto a tutto pur di togliere il male.

«Pure se volessimo, Toni» si rammaricò Michele. «Non

siamo noi che decidiamo. Il magistrato ti ha messo qua, ma, credimi, ci resterai poco tempo ancora». Non si trattava della verità, ma a lui non sembrò di dire una menzogna. Batté piano la mano sulla schiena di Toni per cercare di consolarlo. «È meglio così, adesso. Sennò domani che fine faresti? Che ne sarebbe della tua vita?».

Stettero in silenzio, poi, come a concludere un rituale, il ragazzo si staccò dalla stretta commossa della nonna e, asciugandosi il naso, entrò nella palazzina. Quattro compagni accolsero Toni con una secca smorfia di sorpresa nel vederlo apparire al calciobalilla dove giocavano. Salutarono con cenni rapidi e Giorgio lo avvisò subito, tirando una castagna in porta «Gianni se n'è fuggito proprio, Tonì. Adesso Claudia avverte i carabinieri».

«Chi ve l'ha detto?» fece quello, distratto.

«Elisabetta. Ci hanno messo a preparare il dolce insieme a lei perché non vogliono che lo sappiamo».

«E a noi che ce ne importa?» concluse Toni e si voltò per andare incontro ai suoi che entravano. I due familiari raggiunsero Claudia nell'ufficio e si congedarono da lei ma, volendo disimpegnarsi al più presto, la psicologa ebbe modi assai sbrigativi. Michele rimase deluso dalla sua freddezza, trovando la donna, in quel distacco, persino meno bella, quindi ne assecondò la sollecitudine e mise fretta a sua madre per lasciare l'ufficio. Dopo aver salutato gli altri ragazzi e la cuoca, i due si avviarono all'auto insieme a Toni, mentre il volpino gli scodinzolava alle spalle.

Tristemente, si separarono. Michele promise che sarebbero tornati per la domenica successiva, portando anche Vincenza, e intanto già dall'indomani si sarebbero fatti vivi al telefono. Il ragazzo, a quel punto, parve tranquillo, senza smanie, chiese solo che gli procurassero un orologio per la prossima volta, uno Swatch magari. A Michele la richiesta suonò paradossale, considerando i tanti Rolex scippati dal nipote, ma non disse nulla. Così, nella luce calante, l'auto ripartì, lasciandosi dietro lo sventolio della mano di Toni, lo scodinzolare del cane e l'uscita incuriosita sulla rampa di uno dei ragazzi. Si trattava di Gioacchino, più allampanato del solito, che si accostò a salutare anche lui, schioccando la lingua tra i denti. «La canna ve la siete fatta?» chiese infine, truce e lento. Toni si volse a fissarlo, all'improvviso avvertì ogni cosa intorno umida e ferrea, un'estraneità totale lo invase, il profilo di Gioacchino che ancora scrutava la strada gli giunse come una linea nemica. Ritrovò l'edificio della comunità e seppe per certo che, malgrado ogni logica, non sarebbe riuscito ad accettare l'idea di rientrarci. Tuttavia, con un guizzo verso la realtà, si impose di non pensarci, di non pianificare alcunché, rientrò oltre il varco della rampa per dirigersi in camera sua, gridando mentre apriva la porta «Elisabetta, ti voglio aiutare anch'io a preparare il dolce!». Poi richiuse l'uscio alle spalle e, meccanicamente, andò dove teneva nascosti i soldi ricavati dalla vendita del fumo.

Dieci minuti dopo bussò alla porta dell'ufficio, Claudia fumava seduta e lui si fermò di fronte alla scrivania, con tono grave le chiese dove fosse Silvio.

«Sta per arrivare» rispose lei teneramente.

Ma questa volta la sua bellezza, oscurata dalle preoccupazioni, non lo interessò minimamente. «Allora gli vado incontro» proferì il ragazzo con decisione.

Claudia si stupì. «Perché? Aspettalo qui!».

«Devo dirgli una cosa importante» concluse Toni e si voltò per andare, di scatto lei si alzò a cercare di trattenerlo. «Aspettalo! Mi ha appena chiamato, arriverà tra poco. Non puoi uscire, stasera dobbiamo restare tutti qui, Toni».

Si interpose tra lui e la porta spalancata, ma il ragazzo la fronteggiò esclamando «Devo dirgli dove si trova Gianni».

Claudia ammutolì, sbarrando gli occhi, poi si riprese e chiese con trepidazione «E dove sta? Dimmi!».

«Lo dico a Silvio soltanto» sentenziò lui. «Tu sei donna e certe cose non le puoi capire!».

«Dimmelo!» si innervosì lei.

«No» ribatté duro il ragazzo. «A Silvio o non parlo!».

Claudia tacque, aguzzando lo sguardo tornò alla scrivania e schiacciò la cicca nel portacenere, ormai il suo acume e la sua pacatezza erano offuscati da ore di attesa. «Chiamiamolo» propose, già con la cornetta in mano. «È in falegnameria a fare il pieno nel furgone».

«Non c'è tempo, andiamo da lui con la tua macchina, adesso!» la incalzò Toni.

Lei ebbe un sussulto disperato. «È rotta, accidenti, non possiamo usarla!».

«Allora chiamalo tu e digli che sto arrivando. Taglio per le scarpate, bisogna fare in fretta» avvertì lui, varcando la porta dell'ufficio.

Claudia ebbe un attimo di indecisione, la sicurezza di Toni la travolse come fosse stata quella di un maschio adulto e voluttuoso al quale una donna così smarrita non poteva resistere.

«Allora gli dico di venirti incontro» gli urlò dietro mentre già componeva il numero del cellulare di Silvio.

Si incamminò, il sole impallidiva, ripensò allo chassis della radio che aveva smontato per scoprire poi che i suoi soldi erano spariti. Schulz lo seguiva trottando su per la salita, ma all'improvviso Toni tagliò dabbasso per il pendio di erba e ciottoli, allontanando il cane con la mossa di tirargli un calcio. Raggiunse di corsa la strada sottostante, ormai un centinaio di metri lo separavano dalla comunità, si diresse a valle mentre Schulz guaiva, sventagliando la coda senza avere il coraggio di andargli dietro. Il ragazzo si inoltrò lungo il pendio successivo, saltellando per fare presa sul terreno, controllò che nessuno passasse e poi discese per il sentiero che costeggiava la strada. L'aria ormai rinfrescava, il profumo di un sambuco gli giunse nella brezza, camminando spedito, rallentava ogni tanto per dissimulare la fuga e guardarsi intorno. Tutto gli era stato chiaro non appena si era accorto del furto dei soldi, aveva rammentato solo allora il piano di fuga svelatogli una volta da Gianni: farsi prelevare in macchina da un amico incensurato e squagliarsela insieme verso Salerno, da lì imbarcarsi di notte sulla nave per Valencia, passare dal bagagliaio alla cabina quando tutti dormivano e poi viceversa appena fossero arrivati in Spagna. Ma certo non gli aveva detto che per farlo si sarebbe prima preso tutti i suoi soldi. Quel furto aveva dissipato ogni dubbio, l'infamia subìta era stata la molla per andarsene via, aggiungendosi al desiderio di fuga che la visita dei suoi aveva suscitato. Aveva agito con puro spirito di improvvisazione, trainato da una determinazione sconfinata, non sapeva cosa avrebbe fatto tranne utilizzare un piccolo calcolo: Silvio ha il furgone – la macchina di Claudia è rotta – uguale: da qui si esce solo a piedi. Dentro di sé, il cammino intrapreso non era un'evasione ma un ritorno, illusorio, romantico, chimerico, un ritorno verso quella che adesso pensava per la prima volta come la sua casa.

D'un tratto, due curve più sotto, scorse la macchina dei carabinieri che risaliva verso il paese, si guardò intorno, non disponeva di molte alternative. A destra, una donna stendeva i panni sul retro di un'abitazione e, a sinistra, oltre la strada, uno stretto viottolo si inerpicava obliquo per il tornante. Toni lo imboccò di scatto, percorse una decina di metri fino a un piccolo spiazzo dove, a ridosso di una casa di mattoni, trovò una rimessa e un cumulo di rottami arrugginiti che giacevano su un lato della saracinesca abbassata. Il ragazzo udì abbaiare dei cani lì vicino e temette di incontrarli sul suo cammino. Niente si muoveva intorno a lui e, allora, controllando in alto l'unico balcone, sgusciò dietro il mucchio di ferrivecchi. Da là vide la pantera dei carabinieri superare ignara l'imbocco del viottolo in basso e proseguire per la salita. Capì che doveva allontanarsi al più presto da Montepennacchio, approfittando dei minuti che gli rimanevano prima che scoprissero la sua fuga. Balzò fuori e corse giù per il sentiero, velocemente raggiunse di nuovo la strada, fece appena in tempo ad accorgersi del furgone azzurro di Silvio che svoltava la curva e veniva nella sua direzione. Arretrò, rintanandosi dietro il muro di contenimento, ma in quella posizione era troppo allo scoperto e Silvio lo avrebbe potuto individuare mentre passava. Frenetico, risalì il viottolo verso la rimessa, ma stavolta la saracinesca era sollevata, un uomo stava lì, dando le spalle all'auto parcheggiata all'interno. Il tipo era grosso, sulla quarantina, una camicia mezzemaniche a quadri, capelli neri folti e una sigaretta tra le labbra. Si guardarono, l'altro aveva un'espressione seria, quasi assorta, mentre il volto di Toni era scomposto dall'agitazione.

«Che cerchi qui?» esclamò l'uomo.

Il ragazzo indugiò a causa dell'affanno, aveva già visto altre volte quel tipo, non sapeva se fidarsi di lui, tuttavia gli venne automatico dire «Di qui si sale, vero? È una scorciatoia?».

L'altro lo fissò, poi, dopo aver sputato in terra, chiese «Dove devi andare?».

«Alla chiesa, da Padre Alfredo, ma volevo risparmiarmi la curva».

«Sì» rispose l'uomo con lentezza. «Di qua si sale, ma è proprietà privata».

Toni indicò la stradina davanti a lui e domandò «Ma posso passare? Così mi fate risparmiare un po' di strada».

L'uomo esitò, poi annuì distrattamente e si girò, dandogli le spalle e biascicando «Vai pure. Mi dispiace che non posso darti un passaggio. Sto andando giù a valle, fino a Battipaglia». Pronunciò queste parole deglutendo per l'emozione, percepì il suo membro farsi caldo, dilatarsi per la lenta efflussione, mentre il cuore gli batteva forte e udiva dietro di sé i passi incerti del ragazzo che si avvicinava balbettando qualcosa. L'uomo levò lo sguardo in alto, al balcone della casa di mattoni, ricordò che era proprio da lì sotto che quei bastardi venivano a chiamare suo padre a tutte le ore, strappandolo alla moglie, al figlio, per andare a ubriacarsi di rivoluzione.

Aveva acceso di nuovo la radiolina, la vecchia stava in silenzio, distesa sul sedile mentre lui guidava attraverso la valle. La pubblicità di un parcogiochi marino gracchiava dal minuscolo altoparlante, Michele si sentiva stanco, avrebbe desiderato una sigaretta, in fondo era stata una gita faticosa tra la natura e i sentimenti. Stava già ripensando al lavoro, diverse idee gli frullavano in testa riguardo al sito, soluzioni grafiche, semplificazioni alle stringhe di comando, le scadenze e l'ansia che il socio non si fosse dato da fare pur avendone il tempo. Ma il pensiero dominante, tra un'immagine e l'altra, era per Claudia, una sensazione ineffabile, risvegliata da quella giornata, che dal ventre saliva, frizzante, fino alla mente. Eppure, giungendovi, recava al suo seguito il biasimo causato dalla volontà di non concedersi, dalla paura della colpa e della slealtà, creando un'interferenza al desiderio per lei, che prendeva forma nella voce allegra del socio, nell'amicizia tra loro due.

All'incrocio, uscì di nuovo sulla provinciale, adesso conosceva meglio la strada. La vecchia, taciturna, si volse a guardare la montagna che si lasciavano alle spalle, agitando la mano e singhiozzando «Ciao». Michele, a disagio per la sua commozione «Mà» le disse, «tra un'ora stiamo a Napoli» e sbirciò sul sedile posteriore dove aveva messo la scatola delle coccinelle quasi dimenticate. «Abbiamo le coccinelle, eh?» aggiunse. «Vedrai che ci portano fortuna». La vecchia, ancora con gli occhi lucidi, sorrise.

Michele introdusse gli insetti tra le sue riflessioni, gli venne l'idea di utilizzarli come immagine animata per il sito del partito. "Usano di tutto" fantasticò con ironia. "Magari lo slogan potrebbe essere: gli altri portano male, noi no".

Poi ritrovò il pensiero caldo di Claudia, l'immagine di quando avevano fatto l'amore, del suo viso mentre si staccava dal glande di Paolo e si volgeva a lui, con l'espressione distesa dal piacere, gli occhi che si chiudevano un istante per ringraziarlo del suo sesso. Provò un improvviso impeto di gelosia e, insieme, di eccitazione.

Nuvole si affrettarono per il cielo, contendendo la luce residua alla plaga celeste e disperdendone lo spettro, dalla radiolina un canto diceva in musica ciò che lui era per lei. Una luna tagliente già brillava nella volta residua del giorno, Michele accelerò dopo una curva e il motore ubbidì sul rettilineo, l'asfalto crettato spariva indietro e altra strada ancora veniva divorata dalle ruote. Il tepore di un'utopia consolatrice lo avvolse, stare con lei, averla ancora, rompendo ogni remora con audacia, telefonarle, dichiarare il proprio amore al suo corpo caldo, gemere e giacere insieme nell'intimità. Dopo due chilometri il freddo muro del rifiuto si intromise nella fantasticazione, disperdendola e sostituendola con i tabù di cui era imbevuta la sua educazione: si trattava di un amico, non doveva tradirlo. Ma appunto perché quelle remore erano retaggio di un mondo da cui Michele intendeva affrancarsi, la tentazione tornò ad assalirlo, il cuore e la mente si sfidarono. In realtà, non poteva sfuggire alle scelte imposte dalle circostanze della vita, esse accadevano perché il mondo si componeva di fatti e coglierle o meno non derivava da azioni inevitabili ma dalla decisione di essere dentro od oltre loro. Forse, con le sue esitazioni, stava cercando di non perdere le opportunità di carriera che il sodalizio con Paolo gli offriva. Oppure, al contrario, desiderava conquistare il simbolo di ascesa sociale di una relazione sentimentale con Claudia. Magari, rise amaramente, era solo stato catturato dal gusto proibito di un rapporto sessuale a tre, come un provincialotto da una notte brava passata in città. La voglia che fossero gli eventi a scegliere al suo posto cresceva; gettò uno sguardo alla madre che sonnecchiava sul sedile accanto e per un attimo sentì che veniva da lei quel qualcosa che ora gli gemeva nel profondo. Michele si era spinto ormai troppo lontano per acconsentire alla pietà senza vergogna e senza bisogno di ragioni.

Toni stava rincantucciato sul sedile posteriore della Saab diretta verso Profumo, il paese sull'altro versante della montagna. Era stato l'uomo a dirgli di sistemarsi lì e lasciare il posto davanti all'amico che avrebbero prelevato facendo una deviazione sulla strada per Battipaglia. Pian piano, il conducente prendeva sempre più scioltezza nel rivolgersi a Toni, omettendo volutamente di farsi svelare il motivo di quella partenza improvvisa. La sua mancanza di curiosità era stata una manna per il ragazzo, così come la sistemazione sul retro dell'automobile che gli permetteva di correre meno rischi di essere individuato. L'uomo parlava osservandolo dallo specchietto, gli chiese notizie della città e accennò qualche commento sul paese, si rivolgeva a lui col nome che Toni aveva usato nel presentarsi: Gianni. Il ragazzo rispondeva a monosillabi, troppo preoccupato che qualcuno li incrociasse sull'unica strada che discendeva il monte, l'uomo non gli ispirava simpatia ma era la sua unica possibilità di fuga. Ogni tanto scrutava dal finestrino la valle fiancheggiata dalla provinciale, da lì in poi si sarebbe sentito più tranquillo e non vedeva l'ora di arrivarci. Abbandonandolo, si sentiva assalire dalla nausea verso quel luogo, avvertiva ancora su di sé la puzza dolciastra del disinfettante utilizzato nella comunità in abbondanza, mentre le due settimane trascorse gli apparvero sempre più mediocri. Riflettendoci, ebbe l'impressione che lì dentro non si fossero presi cura di lui come sostenevano, che non avessero affatto cercato di valorizzarlo, anzi. Ora che si trovava a percorrere quella strada su un'auto sconosciuta, abbassando il vetro per farsi arrivare sul grugno l'aria fresca della libertà, ebbe chiara l'idea che lassù lo avevano derubato, e non solo dei suoi soldi. Non capiva bene di cos'altro, ma intuiva che il concetto sarebbe diventato più nitido a forza di rifletterci e che l'aspetto doloroso di questa constatazione avrebbe riguardato i sentimenti. Ma erano pensieri che rotolavano via, all'indietro, come stelle filanti, man mano che il margine tra sé e la montagna si ampliava.

Al bivio, l'uomo imboccò la strada in salita per Profumo, ormai il sole tramontava dietro la valle e la luna, tra filacce di nuvole, si insinuava nel cielo sopra la montagna. Toni si accese una sigaretta, l'altro lo guardò ancora dallo specchietto, forse disapprovando, ma lui non se ne curò. Desiderava soltanto andare via, ora non poteva più tornare indietro, le immagini dei visi sconvolti di Claudia e Silvio, già informati della sua fuga, erano detonazioni che lo incitavano sempre più lontano. Le spalle grosse dell'uomo alla guida sembravano il sipario schiuso sulla sua libertà, non sapeva cosa avrebbe fatto, dove sarebbe andato, fiutava solo la pista di benevolenza lasciata dalla nonna e da Michele. Forse l'avrebbe persa, forse si sarebbe dato a un viaggio senza meta, ma non si sentiva perduto, la sua giovinezza reagiva con coraggio a qualunque ipotesi sull'immediato futuro. Un "ready" cerebrale si librava in ogni direzione la mente gli proponesse, adesso aveva fatto ritorno al punto da cui era stato prelevato due settimane prima, al fertile dominio, fiero e sdegnoso, dell'incoscienza. Ricordò i compagni rimasti lassù, sagome risalite dal fondo dell'emotività per congedarsi da lui che partiva. Li scrutò, alcuni meglio definiti nella memoria, altri sfuocati e assenti, tutti per lo più connessi a qualche accadimento personale. Ma queste immagini lo intrattennero per poco, di loro non aveva nessun rimpianto, erano solo altri elementi di quel corpo che presto si sarebbe lanciato al suo inseguimento.

Nel sole morente, la Saab lasciò la strada e risalì il sentiero attraverso la folta macchia di verde che copriva il cocuzzolo. Si addentrarono nella conca rocciosa al riparo della quale cresceva una fitta vegetazione, il nome della montagna derivava da questo bosco a mo' di pennacchio sulla sua cima. Toni era venuto a farci un pic-nic insieme agli altri la settimana precedente, qui, lui e Claudia avevano passeggiato da soli, chiacchierando come vecchi amici. Serbava un bel ricordo della giornata e del luogo, ma non gli pareva che da quelle parti ci abitasse qualcuno. «Perché andiamo di qua? Che cosa c'è?» chiese all'uomo.

L'altro, mentre continuava a guidare, rispose tenendo la testa incassata tra le spalle «Qui vive l'amico che dobbiamo andare a prendere». Toni cercò di sdrammatizzare anche se iniziava ad avere paura «Ma allora questo amico vive nei boschi? Che fa? La guardia forestale?».

Quello emise una specie di ghigno, accese i fari che si estesero fino alle sponde dello sterrato e un bosco di faggi andò animandosi intorno all'auto. I fusti si rincorrevano lungo il sentiero, la luce batteva sul loro grigiore incenerito, penetrando tra i rami e le foglie ammattiti nel buio. A Toni non piacque, sentì di essere in trappola, l'uomo guidava proteso in avanti come la polena di un rompighiaccio, sembrava assente, quasi in trance.

Parcheggiarono nell'area di servizio, dopo aver fatto benzina Michele andò a prendere un caffè. La vecchia rimase in macchina, assorta, il pugno stretto alla maniglia di sostegno, lo sguardo fisso sull'uomo in tuta che si affaccendava intorno a una Tigra. Al bar gli servirono qualcosa che non gli parve troppo diversa dal carburante della sua auto, fece una smorfia risentita e, lasciando intatta la tazzina, si allontanò dal bancone con la scheda telefonica già pronta in mano. Sollevò la cornetta di uno degli apparecchi all'ingresso e compose il numero del socio, dopo tre squilli trovò la segreteria telefonica senza messaggio d'annuncio, al segnale acustico, indugiando, riagganciò. Di nuovo lo assalì il desiderio, come evaso dal recinto di timori in cui era rinchiuso, adesso galoppava sfrenato tra i suoi pensieri, suppose che forse lo aveva liberato l'incontro con l'affascinante psicologa che portava lo stesso nome di lei. Si stupì: davvero era stato questo? Nel verde che aveva ripulito i suoi sensi dalle cariche elettromagnetiche dei computer, poteva averlo fatto la distanza dal mondo usuale, così breve e inattesa. O più semplicemente la passione cresciuta senza sosta fino a trasbordare. Compose il numero, udì la sua voce, sembrava che lo attendesse e che sapesse, furono necessarie poche parole, la sincronia del desiderio. Claudia lo invitò da lei, Michele rispose che in meno di un'ora sarebbe arrivato a Napoli, nell'altro. Poi il cicalino lampeggiante lo avvertì di ritirare la scheda dal lettore magnetico. Era solo con sé stesso, già in bocca il sapore di lei, un leggero timore, un'esitante fierezza.

L'auto si arrestò, intorno il buio rischiarato dai fanali e il rumore del motore al minimo.

«Allora?» chiese Toni, ormai era schiacciato contro il sedile, l'uomo gli volgeva le spalle, immobile, le mani ancora sullo sterzo.

«Allora?» ripeté alzando la voce.

«Siamo arrivati, Gianni» annunciò l'altro in un sussurro.

«E dov'è il tuo amico?» si scaldò il ragazzo.

«Adesso lo vado a chiamare» rispose senza più guardarlo dallo specchietto, aveva colto la paura nella sua voce. Nessuno dei due si muoveva, il ronzio del motore accompagnava il respiro affannoso di Toni. Sapeva già cosa fare e si rammaricò di non aver agito prima, ma doveva essere sicuro che quel tizio gli stesse mentendo, in fin dei conti ne aveva bisogno per fuggire. Non esisteva alcun amico da andare a prendere, ormai era evidente, e nemmeno l'intenzione di portarlo a Battipaglia, forse aveva deciso già dall'inizio di condurlo lì. A che scopo? Era un omosessuale? Se gli avesse chiesto di prenderglielo in bocca sarebbe stato semplice, sapeva come comportarsi in questi casi, i ricchioni li aveva sempre presi a botte, facendosi prima pagare il pattuito. Ma che aveva in mente il tipo? Chi era? A ogni modo, Toni sapeva cosa fare: calmo, stava spingendo fuori dalla tasca dei jeans il suo coltello, tra poco il manico di legno e ottone gli sarebbe giunto tra le dita, rapido, lo avrebbe aperto per puntare la lama alla gola dell'uomo e lui e l'auto sarebbero diventati suoi. Il coraggio non gli era mai mancato e, pur preferendo una fuga senza complicazioni, dal momento che quella carogna lo obbligava a fare a modo suo, bene, lo avrebbe accontentato!

«Senti» provò a prendere tempo mentre sfilava dalla tasca il coltello. «Torniamo indietro, va bene? Io non voglio andare più a Battipaglia, va bene? A quest'ora, gli educatori della comunità mi staranno cercando. Mi hanno visto mentre...».

L'uomo si voltò di scatto e lo colpì con un grosso batacchio di ferro che teneva nascosto nella piega del sedile. Toni riuscì solo a girare la testa e a riceverlo sulla guancia destra in un'esplosione di rosso dolore. Lanciò un grido e contemporaneamente spalancò lo sportello, l'aria fresca lo avvolse dalla distesa impassibile del bosco. Lesto, si lasciò cadere da un lato, la mano sinistra sulla terra umida, con una capovolta spinse fuori le gambe dall'abitacolo e l'uomo mancò il secondo colpo. Toni cercò di rimettersi in piedi, udì lo sportello di guida aprirsi e poi l'urlo selvaggio. La mole dell'uomo lo rendeva lento ma egli urtò contro la portiera che gli sbarrava il passo, così che l'altro la ricevette con forza sulla schiena e cadde di nuovo al suolo. Adesso l'uomo era in piedi, sovrastando Toni che scalciava nella polvere per rialzarsi, intorno a loro il buio e il bosco trepidante. Nella mente del ragazzo un solo pensiero: che stronzo sono stato a farmi fregare così! Poi un calcio nel costato lo scosse, rivoltandolo su un fianco, era come un fuscello nel vento adesso. Riaprì gli occhi e vide la figura nera, silenziosa e malvagia, stagliarsi nella luce dei fari. Un altro calcio, la sua testa rimbalzò al suolo come un pallone, ebbe la sensazione di estendersi su vertebre gommose, sprofondò in un vortice buio e poi risalì in un cunicolo di cerchi concentrici e vibranti che pian piano acquisirono il rumore del motore dentro di sé. Ritornò dov'era, sdraiato sul dorso, aveva perso i sensi per qualche secondo, il tubo di scappamento gorgogliava a pochi centimetri dalla sua spalla sinistra.

«Non muoverti, non muoverti» sentì dire all'uomo con una voce che gli sembrava giungesse dalla luna. «Non voglio farti niente, Gianni». Vedeva solo degli aloni e una sagoma tremula, la osservò allontanarsi e chinarsi verso la luce, dopo un attimo il motore tacque e si levò il silenzio. La sua coscienza giaceva infranta lì per terra, incapace di ricomporsi e congetturare, un residuo di consapevolezza la tratteneva su un'immota sostanza interiore. L'istinto, inesorabile e gelido, forse l'oscurità stessa, insediata nelle sue molecole, emerse e governò quegli istanti; sentì le proprie dita articolare un movimento lento e faticoso, avvertì l'animale del suo corpo che lottava, alimentato da una forza sopraggiunta dalle profondità remote. Quando l'uomo si avvicinò, Toni ansimava, il torace gli trasmetteva un dolore pungente mentre stava inchiodato al suolo. Eppure si accorse di stringere qualcosa nella mano destra, percepì una parte di sé, ghignante e rabbiosa, ribellarsi alla potenza che lo teneva a terra. L'uomo distinse un luccichio, fu un attimo, poi vide il ragazzo sollevarsi con uno scatto improvviso, trainato dal braccio proteso che brandiva il coltello. La velocità lo colse di sorpresa, fece in tempo solo ad abbassare la testa, a seguire la traiettoria della lama che gli perforava l'inguine in un dolore bruciante, immediato, provocandogli l'urlo come un fiotto simultaneo a quello del sangue che schizzò fuori. La lama catalana, tagliente e perfida, entrò tra la coscia e il bacino, arrivando così vicina all'arteria femorale che se il coltello fosse stato rigirato l'avrebbe recisa. Ancora gridando, l'uomo afferrò Toni per le spalle e lo spinse lontano, il ragazzo fece una goffa capriola e si ritrovò per terra, tre metri più in là. L'altro non si curò di lui, allungò le dita sul manico del coltello che spuntava dalla ferita e, toccandolo, un fuoco gli arse dentro. Volse allora lo sguardo a Toni che si stava rialzando «Bastardo, cosa hai fatto?» piagnucolò, «adesso sei morto». Mostrò una smorfia terribile, la sua faccia si gonfiò, simile a un mantice infernale, stringendo i denti l'uomo tirò ed estrasse la lama. Fermandola un istante davanti agli occhi, vide nel suo metallo, oltre alle stille di sangue, il profilo di un demone appagato. Ansimando, Toni iniziò a correre, il dolore gli mozzava il fiato, si diresse nel buio lungo il sentiero, l'auto si rimise in moto dietro di lui, ma il ragazzo non si voltò a guardare.

Silvio avrebbe voluto piangere, non poteva credere a una giornata così disastrosa e cercò di riandare con la mente ai minuti, alle parole e ai gesti che l'avevano scandita, come per poterla riconoscere diversa dalle altre giornate. Eppure, ogni cosa gli sembrava rimasta al posto di sempre, mentre lui non aveva svolto che il solito turno di domenica, il suo lavoro. Lo tormentava il meccanismo di quella catastrofe, due ragazzi erano svaniti, quasi lanciati via dalla molla di un flipper, uno dopo l'altro. Minacciose prospettive stordivano la sua guida mentre riportava il furgone verso la comunità, fino a poco prima aveva dovuto declinare a un carabiniere annoiato le generalità dei fuggiaschi. Il suo occhio strabico lo aveva scrutato con diffidenza nell'informarsi delle misure cautelari a carico dei due minori, accogliendo con un ghigno la notizia che il primo di loro era sottoposto a un provvedimento penale. Silvio conosceva bene la procedura e conosceva bene anche il carabiniere, sapeva che in definitiva non gliene fregava niente ma che non si sarebbe mai lasciato scappare l'occasione di fargli pesare la responsabilità dell'accaduto. A un altro lo avrebbe detto chiaramente, forte della propria autorità, ma a lui che era del posto aveva riservato lo sdegno dei grugniti, delle smorfie e dei colpi di tosse, grattandosi con boria il pizzetto mentre aspettavano il fax di risposta dalla caserma di Battipaglia. Del resto, lui stesso cercava di addossare la colpa su qualcun altro, Claudia innanzitutto, lei che si era fatta giocare da Toni. Credere alla favola di una rivelazione sulla scomparsa di Gianni era stata una cosa terribilmente stupida, aveva trasformato quel dramma in una farsa. Mentre risaliva il penultimo tornante, lo assalì il desiderio di scoparla con furia, di punirla facendole del male, ma al pensiero dell'indomani, la rabbia svanì e venne la tristezza e quindi il bisogno di lei, del suo amore. Parcheggiò il furgone e ne discese affranto, un passo dopo l'altro sulla strada che ora odiava, gli tornò in mente un'immagine di sé stesso di molti anni prima, quando era stato scacciato di casa dai genitori che non sopportavano più di vederselo intorno sconvolto dall'eroina. I litigi, le accuse e le umiliazioni, poi la partenza per la città, quante botte aveva preso lì, dagli altri tossici, dalla polizia, ma ce ne voleva sempre più di uno per sopraffare il suo carattere fiero. Non aveva mai avuto il coraggio di rubare, si bucava solo con i soldi delle collette o con quelli ricavati come parcheggiatore abusivo. Finché un giorno si stufò, disse basta alle prostrazioni e se ne tornò in paese, il padre lo accolse ma tenendolo d'occhio, lui la prese come una sfida e mantenne il suo proposito. Sei mesi dopo ebbe un ricaduta, l'eroina è dolce, entrò in una comunità di recupero, trovò una buona squadra, gente sveglia, niente ninnoli, «datti da fare, sei un bel tipo», «ti stai facendo fregare, non ti diverti più». Dopo il programma di reinserimento, ci rimase a lavorare in qualità di operatore, fino a quando non se ne sentì oppresso. Conosceva bene i meccanismi di un eroinomane, era sempre troppo tardi per non lasciarci implicata l'emotività. Seguì dei corsi di formazione regionali, quanta gente ritrovò dalla strada, tutti in gamba ma in fondo un po' delusi, l'eroina lascia un sorriso amaro, puoi nasconderlo fino a una certa ora, poi ti si dipinge sul volto. Fu per caso che iniziò il lavoro con i minori, si stava orientando per diventare educatore in un carcere a custodia attenuata, un giorno accompagnò un'amica in una comunità giudiziaria per ragazzi, diede una mano e un mese dopo cambiò orientamento. Conobbe Claudia, fu come rinascere, tutti i suoi sogni che riaffioravano e finalmente poteva carezzarli, lei aveva vissuto altre esperienze: l'università e il volontariato militante, poi il tirocinio e un sacco di tempo perso. Infine arrivò Vito, il chiacchierone, il trotskista, uno dai tanti agganci politici, che gli contese la bella Claudia ma, brutto com'era, non ebbe possibilità. Vito aveva talento per l'organizzazione, possedeva un podere in montagna e credito presso i politici, ma gli occorreva un'équipe, soprattutto una psicologa, nacque così la comunità di Montepennacchio e la competizione tra loro due. Vito finiva sempre per mantenersi l'esclusiva dei contatti con gli enti finanziatori, i grattacapi li passava ai colleghi, gli piaceva avere l'ultima parola. Un giorno, lui e Silvio convennero che l'unica cosa che li accomunava era la retorica dell'impegno civile.

Attraversò la rampa ed entrò nell'edificio, l'odore di mandorle cotte ristagnava ancora nell'aria, dalla porta dell'ufficio filtrava un po' di luce, Claudia non gli andò incontro, forse il tormento per il suo errore la teneva incollata alla sedia. Il silenzio ormai era calato nelle camere dove i ragazzi dormivano, Silvio scorse Gioacchino che usciva dalla cucina, lo fissò un istante mentre si fermava davanti al calciobalilla, aveva indosso solo i pantaloncini e un paio di ciabatte, in mano stringeva un bicchiere d'acqua. I due si scambiarono uno sguardo apatico, spettri che un altrove irraggiungibile teneva inchiodati lì, tra quelle pareti odiose, come i giocatori di plastica infilati nelle aste del biliardino che li separava.

«Non t'avevano detto niente, eh?» grugnì Silvio.

«A me?» fece quello scrollando le spalle. «E adesso la colpa è mia?».

Silvio annuì, beffardo, per congedarlo, Gioacchino si ritirò nella stanza che aveva diviso con i due fuggitivi ma dove quella notte avrebbe dormito da solo. L'indomani ci sarebbero stati drastici cambiamenti, regole più intransigenti per chi era rimasto, si trattava di serrare l'ovile dopo la fuga, evitare almeno di aggiungere il ridicolo all'idiozia. L'educatore aprì la porta dell'ufficio, Claudia lo aspettava rannicchiata sulla sedia, intorno a lei una nuvola di fumo e il posacenere zeppo di mozziconi, nei suoi occhi lo sguardo inafferrabile di chi ha cercato un'attenuante senza successo. I due si fissarono come attori buttati fuori dalla ribalta, pronti a subire l'affronto del rimpiazzo.

Schulz li raggiunse, cauto e ciondolante, tornava dal recinto vicino dove, attraverso la rete smagliata, aveva avvicinato una cagna in calore, lasciando gli altri contendenti, più grossi di taglia, a osservarlo con la bava alla bocca. Nessuno si interessò all'affettuoso scodinzolio, Silvio andò a sedersi, sussurrando «Fumi troppo». Avrebbe voluto gettarsi tra le sue braccia, ma il timore, quasi una certezza, che Claudia non avesse spazio per lui, lo frenò.

«Gli hai raccontato le cose come sono andate?» chiese la donna.

«Come sono andate» fece eco lui.

Sospirò, ferita ancora nell'orgoglio. Poco prima, mentre immaginava come difendersi dalle accuse che le sarebbero piovute addosso, aveva scritto una lettera, a firma personale, indirizzata al magistrato e al dirigente dei servizi sociali. Voleva spiegare loro i motivi del suo lavoro in una comunità, lasciando intendere che non si trattava soltanto di una professione ma di una missione, con dei rischi a cui però non potevano abbandonarla. Inoltre, si era proposta di fare in modo che Vito la difendesse, che sminuisse quel suo errore con Toni: sul ragazzo pesava solo un provvedimento assistenziale e lei poteva persuadere i familiari a non lamentarsi con il tribunale. Il caso di Gianni, invece, era più complicato, ma lì lei aveva delle responsabilità molto limitate. Mentre Silvio componeva a malincuore il numero del cellulare di Vito, Claudia lesse in silenzio, da un libro di Adler, la frase con cui avrebbe chiuso la sua lettera di spiegazioni "*Si intende insegnare al singolo individuo a rendersi conto dei propri errori, e mostrargli infine come possa raggiungere un adattamento armonioso alla vita collettiva*".

Di là, chiuso in camera, Gioacchino stese le mani sotto le lenzuola e afferrò il mazzo di banconote, iniziò a contarle al buio, intuendone il taglio al solo contatto. Ne portò una al viso e l'annusò, la carta aveva ancora l'odore fresco di zecca, frammisto a quello della plastica dello stereo in cui era stata nascosta e dove Toni aveva inutilmente cercato. Anche l'hashish occultato nel telaio del letto era di sua proprietà adesso, qualunque cosa fosse accaduta l'indomani, Gioacchino aveva già tratto il suo guadagno. Della rivista sui lupi non gli importava un granché, ma l'avrebbe potuta regalare o scambiare con qualche turno di pulizie, costava pur sempre sei euro. Accese la piccola torcia e sfogliò le pagine, tendendo l'orecchio per evitare qualche controllo improvviso di Silvio. Non lesse neppure una riga, ma si soffermò sulla fotografia di un lupo che ringhiava minaccioso, mostrando un brandello di carne tra le fauci. La rimirò sotto il fascio di luce, poi cercò di rifare la stessa espressione feroce, digrignando i denti e ululando piano, ma non gli riuscì bene, non era mica un lupo lui, ai lupi avrebbe sparato volentieri. Mise tutto da parte e provò a dormire, prima però sistemò meglio sotto di sé la calza con le banconote, gli lanciò un bacio e infine stese la testa sul cuscino. Pensava che in fondo non era tanto male stare lì, gli toccavano delle soddisfazioni senza nemmeno il rischio di andarsele a procurare come faceva prima. Non sentiva il bisogno di quel posto ma lo comprendeva: era ostico, sottile e ingiusto, come ingiusto, sottile e ostico era lui stesso.

La Panda vuota, parcheggiata davanti all'area di manovra, e della vecchia nessuna traccia. Ci mise qualche secondo a realizzare, poi girò intorno al veicolo, controllò il piazzale, ma sua madre non si vedeva. Aprì lo sportello, forse voleva sedersi e aspettare che tornasse, rimuginando sulla decisione di incontrare Claudia, i pensieri che si preannunciavano non gli piacquero e quindi lasciò perdere. Andò alla toilette, il rettangolo luminoso dell'ingresso rischiarava il retro buio dell'edificio, si soffermò nel piccolo corridoio e sbirciò nel servizio delle donne, la vecchia non stava nemmeno lì. Attese ancora, poi tornò all'auto, non sapeva che fare e si innervosì.

"Quella scema" pensò, "chissà che cazzo sta combinando!".

Chiese a uno dei benzinai se l'avesse vista, quello fece segno di no, occupato a rifornire una Citroën ultimo modello. Michele iniziò a preoccuparsi, si guardò di nuovo intorno, il piazzale scintillante di luci era affollato di auto che si avvicendavano nel parcheggio, dagli abitacoli usciva gente diretta all'autogrill, a disagio per qualche secondo nello spazio ampio. Varcò le porte automatiche e si ritrovò tra le fila di scaffali, guardò verso la cassa, poi i clienti al bancone, continuò a perlustrare il locale senza scorgerla. Fece il percorso fino all'uscita e tornò fuori, l'aria più calda induceva un leggero torpore, raggiunse l'auto ancora vuota mentre l'ansia gli accelerava il battito del cuore e la corsa dei pensieri. Attraversò tutta l'area di servizio, interrogò un altro benzinaio e poi una donna che usciva dalla toilette, senza ottenere indicazioni, la preoccupazione si trasformava in angoscia. L'immagine di Claudia gli sovvenne tremula, come riflessa in uno specchio d'acqua agitata, dubitò che stretto a lei avrebbe saputo allontanare la paura, stava realizzando che non era la madre a essersi persa, ma lui che vagava smarrito alla sua ricerca. Tutto ciò che poté fare fu di maledire ogni legame, dato che, buoni o cattivi, gli apparivano un intralcio alla volontà di riuscire nella vita. Girò dietro la costruzione di cemento dell'officina, diretto nella zona buia dove, sullo sfondo dei campi, venivano a parcheggiare i grossi camion. Le sagome scure di due autotreni si ergevano dal loro sonno di metallo, Michele chiamò sua madre e ancora non ebbe risposta.

In una smorfia di dolore e terrore fuggiva, indovinando il sentiero, talvolta scartando nell'erba e rasentando al buio una corteccia da cui rimbalzava come acqua da una sponda. Sapeva di stare tornando indietro, ma ignorava quanto ancora mancasse fino alla strada maestra, di certo l'uomo lo aveva condotto abbastanza addentro nel bosco prima di bloccare l'auto e colpirlo. Desiderava imbattersi in qualcuno lungo il cammino, in chiunque, ogni incontro valeva la vita. Magari i carabinieri si fossero già messi sulle sue tracce e la fuga dalla comunità avesse scatenato contro di lui una caccia frenetica, ora l'avrebbe accolta come una missione di soccorso. Non aveva badato al rumore dell'auto che batteva il sentiero dietro di lui, di colpo i fari illuminarono uno scorcio di vegetazione in un lampo spettrale. Accelerò, i tendini tesi, fibrillando i muscoli in spasimi che lo tormentavano. La mandibola gli faceva male, più delle gambe che, incalzate dall'automobile, iniziarono a mancare, flettendosi sotto il peso dolente del corpo. Volse la testa all'indietro, vide due luci e la sagoma nera, sapeva che in quell'ombra profonda, da cui il suo sguardo corse subito via, c'era lui, c'era l'uomo.

La Saab beccheggiava veloce sullo sterrato, i fanali inondarono la galleria di buio tra gli alberi, rischiarando la fuga forsennata del ragazzo. Alla vista dei suoi jeans e del chiarore della maglietta, feroce, l'uomo puntò le ruote sulla preda. Angustiato dalla coscia ferita, si morse un labbro e odiò con tutto sé stesso quel pericoloso bastardo che ora doveva morire e morire. Toni avvertì l'auto ormai troppo vicina, senza indugio cambiò traiettoria, tuffandosi oltre il sentiero, in un salto disperato tra le squame oscure del bosco. Volando via, udì il barrito del motore giungere dove lui si trovava poc'anzi, il riflusso d'aria sull'avantreno sfiorò il suo corpo che balzava nella vegetazione. Le ruote emisero un secco stridio di freni, il ragazzo andò ad atterrare nel fogliame, su un fitto tappeto di asperule, ma batté la testa contro un tronco. La Saab, scarrellando, stava per piantarsi col muso tra una schiera di faggi, ma l'uomo staccò il piede dal freno e si diede a una rapida sterzata, investendo gli alberi, di schianto, con la fiancata destra. L'impatto lo fece rimbalzare sul sedile di guida, lanciò un urlo di tormento per la ferita all'inguine, poi il motore si spense e restò la notte e la polvere e gli spettatori silenti del verde buio.

Si accostò al guardrail sul retro dell'area di servizio, da quel punto si vedevano le luminarie di piccoli centri di provincia immersi nella sera dei campi. Nelle zone scure intuiva un silenzio che non poteva giungergli e, dentro ogni linea cangiante, di nuovo i guizzi di attività e di voci. Era sudato malgrado il fresco, si passò una mano tra i capelli, gli pesavano addosso le sagome dei due camion parcheggiati dietro di lui e nelle orecchie il ronzio dei motori sul nastro di asfalto. Si lamentò della sua sorte, una lagna prevedibile, sbuffando all'idea di doversi rivolgere alla polizia per denunciare la scomparsa della madre. Cercò di rianimarsi, forse avrebbe trovato la vecchia ad attenderlo in macchina con il solito sorriso, perplessa, con la consueta inadeguatezza nel corpo. Sbuffando ancora, Michele si incamminò, costeggiando uno degli autotreni. Quando fu vicino alla cabina, l'abitacolo si illuminò, il camionista aveva avvertito la sua presenza e volle accertarsi che non si trattasse di un ladro. Il giovane accennò un saluto e proseguì verso le alte pensiline delle pompe di rifornimento. Una folata di vento attraversò il piazzale e lo investì, egli girò la testa per non prendere polvere negli occhi, quando li riaprì vide la madre oltre il guardrail sul lato opposto dell'area di servizio. La sua tozza figura, avvolta nella veste sbracciata, avanzava tra l'erba arsa dal sole, come se si allontanasse in un mare nero e pesto. Non la chiamò ma corse verso di lei, mentre, dagli aridi garbugli della terra intorno, due uccelli prendevano il volo. Quando Michele raggiunse le lamiere di sbarramento, la vecchia si trovava a una decina di metri davanti a lui, oltre i riflessi delle luci artificiali. Scosse allibito il capo, si chiese come fosse finita laggiù e cosa volesse fare, tanto sorpreso da dimenticare la rabbia di poco prima, il ritardo con Claudia e tutto il resto. Poggiò un piede sul guardrail inclinandosi in avanti, strizzò gli occhi per mettere a fuoco la scena: la vecchia aveva qualcosa tra le mani e vi armeggiava per farla funzionare. Gli sembrò che provasse a soffiarci dentro, tenendola all'altezza della bocca con le braccia piegate, mentre il vento veniva in girandole d'aria e le scarmigliava i capelli. Michele saltò la barriera e discese mezzo metro più sotto, sul terreno riarso e buio, deciso a riportare indietro la madre. Chiamò ma lei non rispose, alle prese con l'oggetto misterioso, il giovane continuò ad avanzare, lungo uno strepitio d'erba da dove le lucertole fuggivano via. La luna era sempre una lama celeste, brandita da strisce di nuvole, il giovane guardò dietro di sé la stazione di neon e lampioni, al di sotto di essi sarebbe stato più arduo seguire le modulazioni del cielo.

Era furioso, il colpo alla testa più che stordirlo gli aveva accresciuto la rabbia e maledisse quel pazzo che voleva fargli la pelle. Aveva perduto anche il suo coltello, ormai le forze gli mancavano e restò nascosto per riprendere fiato. L'uomo era uscito zoppicando dall'auto mentre Toni strisciava sul terreno alla ricerca di un riparo.

«Vieni qui, ragazzo» gridò verso il bosco. «Piantiamola! È stato un errore, è stato un mio errore! Non voglio farti niente, forza, sali in macchina e andiamocene!».

Toni non rispose, ansimando si era acquattato dietro un albero a dieci metri dal lago di luce dei fari, tenendo d'occhio l'uomo che parlava con agitazione.

«Dài, ragazzo... Gianni, no? Ti chiami Gianni? Lo so che sei lì, io ti perdono per quello che mi hai fatto. Sto perdendo molto sangue, credo che dovresti accompagnarmi all'ospedale. Vieni fuori, è pericoloso per te attraversare il bosco, ci sono cani selvatici, serpenti e chissà cos'altro!».

Toni vedeva il fumo della condensa uscirgli dalla bocca insieme alle parole, mentre quello girava nervoso intorno all'auto di traverso sulla strada. Le ruote posteriori della Saab erano slittate oltre il sentiero, il retrotreno giaceva inclinato mezzo metro nell'erba, rischiarandola con i fanali rossi. Il ragazzo non si mosse dal suo riparo, intendeva riprendere prima le forze, il pazzo non poteva inseguirlo lì e forse si sarebbe rassegnato ad andarsene via.

L'uomo continuò il suo sproloquio «Anche io sono come te, sai? Anche io la penso come te. Scommetto che tu non vai d'accordo con i tuoi genitori, anch'io sai? Io odiavo mio padre. Lui non mi amava, non si occupava mai di me, non mi diceva mai qualcosa di buono, io aspettavo, aspettavo, ma lui era preso solo da sé stesso. Poi mi sono stancato di aspettare il suo affetto e non ho voluto più niente da lui, dopo, anche se me l'avesse dato, non l'avrei più voluto. È lo stesso anche per te o sbaglio? Dimmi, dimmi se sbaglio, Gianni!».

Era quasi commosso, ciò disgustò il ragazzo, quel discorso era la prova della sua pazzia: poco prima stava per staccargli il collo a calci e adesso voleva diventargli amico! In circostanze diverse avrebbe sghignazzato di come quello si era bevuto il suo falso nome, ma Toni provava solo odio per lui, desiderava farlo secco per non sentirne più la voce.

«Tu sei un ragazzo intelligente, io e te siamo persone dotate, Gianni. Anch'io da piccolo ho fatto degli errori, ma non per colpa mia, proprio come te, Gianni. Io posso capirti ragazzo, mi spiace di essere stato duro con te, devi credermi, mi dispiace. Credevo che tu fossi un cattivo elemento, invece non è così, ho sbagliato».

Farneticava e Toni lo disprezzò sempre più, gli sembrava ubriaco o fatto di coca, continuava l'inganno nel suo tono melenso di voce, convinto del potere di quanto diceva. Il bosco tornava alle sue melopee, un gufo passò tra i tetti di foglie e, in basso, riprese il lieve fermento degli insetti. Il ragazzo rabbrividì, bagnato di sudore freddo, il corpo gli doleva adesso che si era fermato, si tastò sul capo il gonfiore dell'ultimo colpo contro l'albero. Scrutò intorno le ombre della vegetazione e il labirinto che offrivano, non sapeva che ora fosse, ma la sera era inoltrata. D'un tratto, là davanti, nella luce, l'uomo tacque e si volse a guardare oltre la Saab, nella direzione che portava fuori dal bosco. Per l'aria si udì distintamente il motore di un'automobile che s'avvicinava e, in breve, un fuoristrada frenò a pochi metri dall'auto che sbarrava la strada. A quella vista, Toni fu sul punto di gridare aiuto e uscire dal riparo dell'albero ma, nel preciso istante in cui l'impeto lo coglieva, un insetto planò sul suo viso, pizzicandogli la pelle. Sobbalzò impaurito e si strofinò il volto con la mano, sentì la mascella contrarsi in un dolore acuto mentre si massaggiava il gonfiore della puntura. Quando tornò a guardare il sentiero, notò che l'uomo, zoppicando, si era avvicinato al fuoristrada e parlottava con qualcuno al suo interno, ma non riuscì a decifrarne le parole. Lo vide indicare la zona dove Toni si nascondeva e, subito dopo, l'altro spense il motore e uscì dall'auto. Era alto e assai magro, con una maglietta bianca, quasi lucida, che lo faceva sembrare un fantasma, le braccia sottili gli ciondolavano lungo il corpo. Udì che i due dialogavano in dialetto stretto e intense che il tipo del fuoristrada, bestemmiando, stava rimproverando qualcosa all'altro. Con furia, spalancò il bagagliaio della jeep e ne trasse due cani, dobermann agili e neri che latrarono smaniosi, annusando il terreno. Quando lo spilungone porse i guinzagli delle bestie al compagno e si infilò di nuovo nella sua auto per prelevare una grossa torcia elettrica, il ragazzo si era già dileguato e fuggiva disperato verso il fondo del faggeto. Appena fu abbastanza lontano dal sentiero, deviò per corrergli lateralmente e cercare di uscire dal bosco, proprio allora sentì il latrato dei cani che fiutavano la sua pista. Le viscere quasi gli si sciolsero dalla paura, a causa del buio doveva lanciarsi a tentoni e anticipare gli ostacoli per non sbatterci contro. Cadde, per fortuna su un macero di foglie, affondò le mani nelle zolle viscide, si rialzò frenetico con il cuore che batteva forte. Zigzagando scopriva, spingendosene lontano, gli alberi come paletti di uno slalom mortale, procedeva nel terrore che la vegetazione celasse altre insidie tra i cespugli e i rami. Sentiva la distanza dei cani diminuire, ma non poteva badarvi, impegnato con tutto sé stesso a non perdersi d'animo. Cadde ancora, rotolò in un fossato di terra spugnosa, cercò carponi il greppo da risalire, e lo trovò, ma ricadde scivolandoci sopra per la troppa foga. Di colpo rinunciò e, avvertendo spazio dinanzi a sé, si lanciò d'istinto lungo l'avvallamento in cui si trovava, seguendone il corso sinuoso. Affondava fino alle caviglie nello strame del suolo, ma la via era libera da ostacoli, saltò un tronco caduto di traverso e lì sostò un attimo, cercando con l'udito la posizione dei cani. Realizzò che, giunte al fossato, le bestie lo avrebbero braccato lungo una pista per loro più agevole e veloce. L'immobile oscurità davanti gli parve infida, ma senza esitare il ragazzo continuò ad addentrarsi con balzi guardinghi. A una ventina di metri, trovò una fitta trincea di alberi che saliva nel declivio del terreno, si diede a una gimcana tra essi, temendo per il corpo debole e già martoriato, discese sull'altro pendio lungo i rami di un acero. I guaiti arrancanti dei dobermann giungevano amplificati, insieme all'urlo del padrone che li aizzava. Il loro naturale equilibrio era stato manipolato dall'uomo con addestramenti malvagi, ridotti a macchine operose correvano spronati da un'obbedienza cieca. D'un tratto, Toni intravide una luce tra i fusti, fioca e baluginante nel buio, credette che fosse il segnale del limite boschivo, l'approssimarsi dell'abitato e, speranzoso, si fiondò in quella direzione. Ma poi gli sovvenne che poteva trattarsi della torcia di uno degli uomini e, allora, si buttò a terra, dietro un albero, sbirciando affannato tra le foglie. Non notò alcun movimento e, rimessosi in piedi, aggirò dalla destra il punto luminoso e si avvicinò piano.

Michele individuò il punto da cui la vecchia doveva essere

passata, un varco nel guardavia che proseguiva su un breve terrapieno. Quando fu a due metri la chiamò «Mamma!» nella voce un tono d'ossequio, come se la stesse distogliendo da una funzione sacra tra quei campi impuri. Lei si volse, la sua faccia antica, gli occhi lucidi di lacrime stillanti sul corpo impacciato.

«Che fai qui?» chiese lui dolcemente. «Ti ho cercata dappertutto».

«Sta morendo» sospirò lei, addolorata. «Sta morendo!».

«Chi?» fece attonito Michele. «Chi è che sta morendo?».

«Mio nipote» singhiozzò lei. «Il mio bel nipote».

Capì che la vecchia farneticava e che non l'aveva riconosciuto, gli parlava come a un estraneo, rigirandosi l'aggeggio tra le mani.

«Mamma, sono io, sono Michele. Che hai? Che ti è preso?» fece lui preoccupato.

«Michele» rispose la vecchia. «Toni sta morendo, lo vogliono uccidere!».

Il giovane sentì il cuore salirgli in gola, parlò a fatica «Ma come ti è venuta in mente questa sciocchezza? L'abbiamo lasciato un'ora fa e stava benissimo. Ti senti bene, mamma? Stai bene?».

Le poggiò una mano sulla spalla, lei taceva, fissando l'orizzonte da dove giungevano i guaiti di cani distanti.

«È tutto a posto» provò a incoraggiarla il figlio. «Toni sta bene, adesso andiamo a telefonargli. Vedrai che gli farà piacere sentire la tua voce, eh?».

Lo guardò, trasognata, poi prese a spiegarsi «Ho sentito quegli uomini che parlavano. Dicevano che Toni morirà, da solo, come un cane».

«Ma quali uomini, mà!» rise lui per sdrammatizzare. «Saranno stati due che parlavano di un altro Toni, di un... loro nemico» e inveì in silenzio contro dei tipi così assurdi.

La vecchia avanzò di un passo, poi chinò il capo, sussurrando «Tu non ci credi, non ci credi».

Il vento si levò in una raffica, come sorgesse dal ronzio dei veicoli là dietro. Il giovane si accorse che sua madre stringeva in mano la scatola di metallo che avevano lasciato sul sedile dell'auto: con uno strattone, finalmente era riuscita ad aprirla.

Oltre una cerchia di arbusti, in una piccola radura, Toni scoprì la fiamma che ardeva all'interno di un cilindro di vetro dinanzi a una statuina. In un blocco di roccia, alto circa un metro e mezzo, era stata scolpita una rozza cappellina votiva, dietro la quale incombeva una larga struttura, indistinguibile al buio. Avanzò, incurante per un istante dei suoi inseguitori, la fiammella bruciava l'olio dell'ampolla riempita di recente, lo stoppino rischiarava la piccola volta di pietra. All'interno, lo scarno simulacro si ergeva a protezione del luogo, il lume ardeva in segno di adorazione e di fede nel suo potere sulle ombre intorno, le quali sembravano minacciarla e nello stesso tempo porsi al suo servizio. Il ragazzo le passò davanti, timoroso, i riflessi in controluce gli impedivano di definire la massa dietro la cappellina e dovette avvicinarsi per capire che si trattava di una baracca di lamiere. Chiedendosi se ci fosse qualcuno all'interno, bussò due volte e attese una reazione, poi con prudenza girò intorno, tastando il metallo ondulato in cerca dell'ingresso. Quasi subito trovò la sponda semichiusa di una porta e la tirò a sé, aprendola con facilità. Un odore pungente lo accolse nel buio angusto, entrò, consapevole di non potersi trattenere oltre, ma l'istinto gli diceva di frugare lì dentro. Fece un brusco dietrofront, tornò sui suoi passi, balzò dinanzi alla cappellina e, indugiando un istante al latrato dei cani, strappò l'ampolla dalla base metallica inchiodata alla roccia. Il vetro era caldo, dovette usare il lembo della maglietta per impugnarlo e infine rientrò nella baracca. Costeggiando una parete, vi avvicinò il lume che, inclinato, gli colò sui jeans l'olio bollente. Toccò qualcosa con i piedi, abbassandosi vide un manico di legno per terra e lo percorse alla luce della fiamma, fino a incontrare una lama ricurva. Si trattava di una falce, la afferrò e si volse verso l'uscita, ormai era tempo di andare, ma Toni indugiò sulla soglia, come se avesse ancora da cercare in quell'oscurità. Gli sembrava che una voce, quasi un sussurro, lo trattenesse lì, ma l'arrembare dei cani, sempre più vicino, gli vibrava dentro, come un cimbalo nel petto dolorante. Sollevò la falce, stringendola e digrignando i denti di rabbia, la fiammella che stringeva in mano ansimò e di nuovo udì quel sussurro. Rapito, si girò verso l'ambito buio della baracca, inoltrandosi nella parte inesplorata. Pochi passi e lo vide, quasi sbattendoci addosso, il fascio di luce rivelò il miserabile spettacolo delle giovani braccia spalancate e del viso rovesciato su un lato, la bocca dischiusa in un ultimo grido. Toni rimase immobile, raggelato, percorso da un sussulto di terrore che gli mozzò il fiato, l'ampolla gli cadde dalle mani, sfrigolando olio sul terreno, e la vampata si estinse in una pozza di sangue ai suoi piedi. Una febbre improvvisa lo assalì, stordendolo in un'amarezza velenosa, mentre le vertebre e il torace si serravano in un impeto di odio. Si buttò su un lato, tirandosi dietro il manico di legno della falce, andò a colpire con la schiena la parete di lamiera e il fragore lo ridestò, da lì trovò la forza per precipitarsi all'esterno. Corse, quasi per non afflosciarsi a terra, addentrandosi nel bosco dietro la baracca, il cuore stretto in gola. Ucciso, Gianni non era fuggito, no, era stato ucciso là dentro: l'immagine del suo corpo seviziato gli si ripresentò alla mente, l'espressione atroce sul volto senza vita, rischiarato improvvisamente dal lume a olio. Tutto gli quadrò, nella somma incombente del male, provò un desiderio di vendetta, poi il terrore che anche a lui toccasse la stessa sorte, quei due pazzi dovevano aver profittato di un tentativo di fuga di Gianni per condurlo su al bosco e ammazzarlo. Sentì ancora le bestie, ma adesso anche l'alone putrido e serpeggiante della morte sembrava corrergli al fianco, tra le ombre del bosco, pronto a ghermirlo. Brandì la falce per farsi coraggio: con quella avrebbe dato filo da torcere ai suoi inseguitori. Di cosa accusavano lui, di cosa avevano accusato Gianni? Perché concedevano mille giustificazioni a sé stessi e non un briciolo di pietà per loro? Gli venne da piangere, non ne poteva più, avrebbe voluto fermare tutto, che bello poterlo fare, arrestare ogni angoscia, nascondersi nel ventre della terra, al riparo del suo corpo misericordioso e bruno. Ora risaliva un pendio, i polmoni brucianti e la milza indurita che immetteva tossine nel sangue, pensò a sua madre, sua madre, sua madre... Vincenza gli apparve come quel bosco che assisteva impassibile alla sua agonia. L'orco si sbagliava di poco, era stata sua madre a trascurarlo, a ispirargli la rabbia, e tutto ciò che lui aveva tentato, da allora, era stato di fare a meno di lei. L'orco aveva detto la verità mentre con l'inganno cercava di convincerlo a risalire in macchina. Se non lo avessero odiato, se non gli avessero mentito, mai si sarebbe trovato in quella stretta oscura, privo di luce e guida, braccato e senza scampo. Quando Toni guadagnò l'apice del costone, la sua speranza di fuga si infranse e di colpo dovette spingersi contro un albero, tale era la velocità che riuscì a fermarsi a stento. Aveva percorso l'ultimo tratto su per uno strapiombo, arrestandosi a due metri dal precipizio che sprofondava giù nella valle. Da lassù, il paesaggio immenso lo sorprese, luci disseminate di riflessi lo stordirono e lo incantarono. Mentre il vento e la vertigine scalavano le pareti di quel gigante di roccia, finalmente, affannato, il ragazzo si lasciò cadere al suolo sulle ginocchia. Allora la luna, madre sua pagana, increspando un barlume di mare distante, iniziò a cullarlo e a dargli pace. Era la resa dell'inizio o della fine? Sentì che i cani si avvicinavano, ormai risalivano il breve pendio, ma di fronte a quell'orizzonte che la sera aveva tessuto, mentre l'istante di un infinito passato lo attraversava, egli restò quieto, serrò gli occhi e non poté più temere il sogno di un sogno. Non volle più fingere di essere adulto, come capì di aver sempre desiderato, poggiò la schiena sul fusto vicino e allentò la presa intorno alla falce, riaprì gli occhi e seppe infine dove andare. Là, ogni fatica, ogni debolezza, sarebbero volate via, lontano dall'orrore, non vi sarebbe stata più fuga, niente rimorsi, dissolto lo scandalo del giudizio impietoso, dissolta la colpa.

Quando la vecchia spalancò la scatola, proprio allora, nel campo una forte raffica li investì. Michele osservò i piccoli insetti prendere il volo, uno sciame di ombre che curvò verso l'alto e sparì rapido nell'oscurità. La donna liberò tutte le coccinelle raccolte quella mattina alla centrale elettrica, il figlio non seppe chiederle niente e attese in silenzio. Come posseduta da un'antica forza la vecchia iniziò a mormorare una novena, rivolgendola al cielo. Michele suppose che si trattasse di un attacco di demenza senile, che la madre fosse ripiombata nel passato perduto, nei suoi racconti di guerra e di miseria, dove novene e presagi svelavano i misteri. Non suppose che questo.

Toni si alzò, respirò forte, guardando senza timore l'abisso, invaso da una sensazione inebriante. Mosse due passi e si fermò sul ciglio del burrone, mentre i cani latravano impazziti, ormai prossimi alla preda. Allargò ancora il torace, un movimento lieve, sacro, inarcò la schiena, gli era sempre piaciuto tuffarsi e immaginò che, là sotto, il mare lo attendesse.

La voce della vecchia era un sussurro rapido e alato che Michele non aveva mai udito e che ascoltò incredulo. Chinò la testa, si sentiva a disagio, con un sentimento di commiserazione per lei e per sé stesso, per la loro storia inquieta. Si rese conto che era tardi e che dovevano rimettersi in viaggio, Claudia lo attendeva, il suo sorriso gli avrebbero aperto un varco oltre la tristezza che provava. Accanto a lui farneticava un mondo che chiedeva solo di potersi estinguere senza soffrire. Accarezzò la testa della vecchia e non pianse, giurò che ce l'avrebbe fatta, soprattutto per lei.

Toni aprì le braccia, udiva distintamente anche le urla dell'uomo che gli dava la caccia, sghignazzava chiamandolo «Gianni! Piccolino!» e sbraitava minacce per terrorizzarlo e nel contempo eccitarsi. Ma niente raggiungeva il cuore del ragazzo se non il richiamo del vuoto, se non il tuffo nell'oceano invisibile. Dov'era la paura? I battiti del suo cuore scandivano i rintocchi di un tempo nuovo che proveniva dai miliardi di mondi davanti e sopra di lui. Né luce, né buio, tutto l'orizzonte era il babordo sconfinato di una nave che lasciava gli ormeggi trasportando la vita. Piegò i muscoli delle gambe, la testa si abbassò sul petto e poi tutto corse a una velocità prodigiosa. Un attimo dopo udiva ancora le bestie, ormai sfiancate. Adesso Toni brandiva la falce, una sagoma eguale a quella della sua lama brillava nel cielo, un corpo rinnovato lo sosteneva nello scatto. Si lanciò per la ripida discesa, incontro al branco infernale che lo inseguiva. Vivo, solitario e in questa solitudine più forte ancora.

L'altra parte

La stazione era deserta, il ringhiare del solleone aveva spedito l'intero paese al mare o al riparo di un'ombra cordiale, quando Beatrice si incamminò lungo la banchina erano le tredici e tre quarti, il locomotore ronzava ancora sul binario dei convogli da ovest. "C'è forse vita sulla terra? C'è forse vita nella guerra?" pensò canticchiando, mentre il treno ripartiva dietro di lei e la sua leggera abbronzatura conciliava la pelle e il sole cisposo. Nel ciabattio dei sandali impolverati, attraverso la piazzola, si diresse verso l'edificio di mattoni ed edera, lo zainetto le pendeva dalla spalla mentre il treno si lasciava dietro le cicale frenetiche e lei.

Al fresco della piccola sala d'attesa, Beatrice trovò la biglietteria deserta, al di là del vetro risuonava la radio di un impiegato sonnecchiante in un angolo. Dal corridoio sbucò un inserviente, robusto, con la camicia arrotolata sui bicipiti, che la fissò un attimo, il tempo di sospettare che fosse una di quei giovani che avevano messo a ferro e fuoco la città vicina; poi, brontolando, scomparve nell'altra sala, verso un sottile tanfo di piscia e acido muriatico che rimestava l'aria. Per allacciarsi un sandalo, la ragazza poggiò il piede sulla panchina di marmo e sentì la bretella dello zaino scivolare sulla pelle accaldata, l'afferrò prima che cadesse, intenta subito dopo a sciogliersi i capelli dalla crocchia tenuta durante il viaggio. Dall'esterno, oltre il bagliore di luce, le giunse il picchiettare del clacson di un'auto che, forzando i giri del motore, correva alla stazione da un'erta di cemento e calore. Vide la Panda gialla parcheggiare presso il marciapiede e riconobbe nell'uomo al volante suo zio Enzo che, dopo aver tirato il freno a mano, afferrò un cappello di paglia e se lo calcò in testa, per poi spalancare lo sportello. Immaginando che lo indossasse anche per divertire la sua nipotina, Beatrice gli andò incontro e lo chiamò con un tono di leggera canzonatura, facendolo voltare mentre ancora aveva gli occhi stratti dalla penombra della sala. L'uomo, in tenuta da spiaggia, con pantaloncini anche troppo fantasiosi per la sua età, si aprì in un sorriso e corse a gettarle le braccia al collo.

«Sapevo che alla fine saresti venuta. Io e Marcello abbiamo seguito tutti i tg» bisbigliò mentre la stringeva forte. «È molto triste quello che è successo... quanta violenza... Dev'essere stato terribile per te...».

Si interruppe non appena si accorse del suo sguardo sfuggente e allora, rapido, cambiò argomento in un nuovo tono di voce «Spero che il viaggio sia andato bene, non ci hai messo molto, no?».

La ragazza annuì, l'espressione rischiarata dopo il pudore orgoglioso. «Su, andiamo» fece lui, sorridendo. «Tuo cugino non sta più nella pelle per vederti».

Era un uomo tranquillo suo zio, dai colpi bassi della vita aveva imparato a risollevarsi facendo forza sulle abitudini. Vedovo, con un figlio affidato completamente a lui, aveva messo tutte le sue intenzioni nel lavoro e nell'esercizio di un sobrio distacco dai pericoli, con l'ausilio di un'innata mitezza d'animo. Sebbene Beatrice non lo trovasse troppo entusiasmante, specie per la sua inclinazione alle prediche, gli voleva bene ed era legata a suo figlio Marcello sin dall'infanzia. Abitavano in città distanti, eppure lei faceva visita a suo cugino almeno una volta l'anno senza che sua madre dovesse insistere come per altri obblighi familiari. Questa volta, data la vicinanza con il luogo del raduno, suo zio l'aveva invitata nel paesino dove trascorrevano l'estate, un'amena località che aveva accolto le famiglie prestigiose dell'Italia del *boom* e che ora si affollava, come Enzo diceva, dei professionisti e dei commercianti di quella del *bang*.

Entrarono in auto, sui sedili arroventati dal sole dove ci si incollava di sudore, lo zio ebbe il suo da fare con la messa in moto prima che riuscissero a partire. Superato un alto dosso, Beatrice poté vedere il panorama della baia e del monte che la sovrastava, fino all'arco di spiagge in basso lambite dal mare. La quiete della terra la convinse che ora si trovava altrove, avvertì la distanza dalla città ferrea e caustica dove aveva trascorso l'ultima settimana. Un'ora era bastata per condurla nell'estate italiana.

«Fumi?» le chiese Enzo quando la vide estrarre un pacchetto di Chesterfield dalla tasca dei bermuda, lei annuì semplicemente e si portò alla bocca una sigaretta, accendendola a brevi sbuffi.

«Già» continuò lui. «Tutti voi giovani fumate! Siete la fortuna delle multinazionali!». La ragazza, capita l'allusione alle campagne contro la globalizzazione dei potenti, lanciò allo zio un breve, astioso, sorriso, tanto per chiudere la questione. Con indolenza, scosse la cenere fuori dal finestrino, mentre l'altro celava in un improvvido scalo di marcia l'imbarazzo di averle accennato una bagatella idiota.

«Marcello ha avuto l'influenza» proseguì lo zio subito dopo. «Febbrone da cavallo per cinque giorni. Fortuna che qui c'è un medico molto gentile, veniva a visitarlo anche due volte in una giornata».

«E adesso? come sta?» chiese lei, interessandosi alla malattia del cugino.

«Bene... c'è un volontario che lo assiste, non te l'ho detto? Un ragazzo che mi è stato raccomandato dal parroco... è uno sportivo, ha due spalle così» fece segno con le mani, lasciando per un attimo lo sterzo. «Vittorio... vanno molto d'accordo lui e Marcello».

Marcello si recava ogni settimana alla messa della domenica mattina, messa dedicata ai ragazzi e ai precetti giovanili. Era la sua preferita e ci andava in compagnia degli amici della parrocchia che passavano a prelevarlo da casa. L'educazione cattolica l'aveva ricevuta al di fuori della famiglia, suo padre non aveva alcun credo religioso ma valutava la passione di Marcello per la chiesa con la stessa semplificazione che da giovane lo portava ad associare i preti al ping-pong. Dal tempo della sua prima comunione, cui non si era opposto, ammoniva il figlio per le continue bugie, prospettandogli la dannazione eterna e suscitando in lui un sincero quanto effimero pentimento.

Mentre imboccavano una curva ripida, Beatrice ripensò a quando, da piccola, cercava di tenere suo cugino in braccio malgrado fosse più grosso di lei. Ogni volta lui la lasciava fare e, con la sua espressione gaudente, cercava di assecondarla, ma il gioco finiva quasi sempre in un tonfo e con la piccola in lacrime per la delusione. Marcello, invece, rideva come se si fosse trattato della conclusione auspicata, finché interveniva un adulto allarmato e allora anche lui la seguiva, mesto, nel pianto. Fin dall'infanzia era stato il suo cugino preferito, con il quale condivideva i giochi che le venivano in mente e che presentava a tutti come il suo fratellino. Lui se ne sarebbe anche rimasto a non fare nulla, seduto sul tappeto del soggiorno a emettere continui borbottii, ma Beatrice voleva coinvolgerlo in tutto, al contrario degli altri bambini che lo lasciavano sempre in disparte perché gli rovinava il divertimento. Per farlo partecipare, lei utilizzava degli accorgimenti, come nel caso del rimpiattino in cui bisognava affidare a lui solo il compito di scovare i nascondigli, altrimenti si limitava ad appostarsi per gridare "Buum!" quando passava chi stava "sotto". Se giocavano al dottore, Marcello aveva sempre il ruolo del paziente e non la smetteva mai di ridere, nei suoi gorgoglii esagerati, dovunque lo toccassero per accertarsi di qualche malattia, bevendo poi con fiducia assoluta le medicine di farina, acqua e zucchero che gli venivano somministrate. Ancora oggi, ormai ventenne, quando passavano un po' di tempo insieme, chiedeva a Beatrice di prescrivergli dei farmaci contro le sue malattie ricorrenti, tanto per invitarla al gioco, al passato spensierato, e per cercare attraverso lei una cura che lo guarisse dalla condizione che pian piano anche lui aveva compreso.

«Spero che ti stia simpatico Vittorio» aggiunse Enzo, girando la testa per un attimo verso di lei. «Sarebbe venuto da noi anche gratis, dice che lo fa per il *sociale*, così lo chiama. Ma non ho voluto approfittarne e così gli do qualche lira, mi aiuta molto con Marcello e io posso finalmente riposarmi. È una brava persona, educatissimo... quasi fesso... pensa che sono due settimane che cerco di farmi dare del tu, ma non ne è capace». Ebbe un attimo di esitazione, poi continuò «Non la pensa come te, ma sarà interessante per lui conoscerti... e poi è un bel ragazzo!» rise, facendo l'occhiolino.

«A parte Marcello, non mi interessa nessun altro qui» lo avvertì Beatrice, prendendolo sul serio. «In questo posto mi viene voglia di turarmi il naso, roba da ricchi borghesi... malelingue!» aggiunse quest'ultimo epiteto pensando agli avvenimenti recenti, alla stampa e alle tv che avevano censurato i gruppi del movimento, montando contro di essi polemiche e vere e proprie campagne diffamatorie.

«Già, già» rise Enzo. «Eppure qui siamo in parecchi, noi

cospiratori comunisti, eh, non credere! Sapessi intorno a quegli ombrelloni quante se ne dicono contro il governo».

«Ma io non sono comunista!» chiarì lei, scagliando la cicca dentro un canalone di scolo. «Il comunismo è roba vecchia...». Si accorse che avrebbe avuto un sacco di cose da raccontare riguardo agli ultimi giorni, tutto quello che aveva visto, sentito e provato nel grande raduno e tutto quello che era passato nel suo animo. La sua sensibilità si era come accresciuta, avvertiva una specie di guadagno interiore, come se il suo scheletro e i suoi nervi fossero diventati più saldi, mentre all'esterno, il mondo le appariva più impietoso e cinico che mai. Se avesse saputo come, avrebbe detto di essersi trovata per qualche giorno a contatto con la Storia, di aver percepito il turbine di iniquità e di cattiveria dietro le cose di ogni giorno. Avrebbe parlato di repressione, di polizia, di fughe e di scontri, di lacrimogeni sparati e rilanciati, di sangue, di arresti e di pestaggi e poi di paura, paura, paura e di una grande rabbia che stava imparando la cautela del come, dove e quando potersi mostrare.

Attraversarono un ponte di cemento, sotto il quale mare e vento avevano scavato la costa in piccole bardature scogliose, da lì un bivio portava al centro del paese o alle sue piccole frazioni sparse lungo i poggi. Col motore in affanno, percorsero una serie di piccoli tornanti su cui si affacciavano i resti di poderi e i nuclei di case coloniche contraffatte in villette residenziali. Dopo pochi chilometri svoltarono su un sentiero di terra battuta, fino al promontorio dove si stagliava una costruzione di due piani e un giardino digradava in terrazzamenti di frutteti. Lì finalmente si fermarono.

«Eccoci arrivati» esordì Enzo. «Vedrai che bellezza! Davanti si vede tutta la baia».

Beatrice aprì lo sportello e uscì, guardandosi intorno e

scuotendo l'uno contro l'altro i sandali nel terreno sabbioso, mentre le cicale cantavano dal verde circostante. Suo zio la anticipò lungo la scala che saliva a un terrapieno, da lì un viottolo attraversava il giardino di un casolare rimesso a nuovo. Passarono davanti all'ingresso del piano nobile dell'edificio, dove un'anziana donna era seduta su una panca con un bimbo tra le braccia che vezzeggiava teneramente. Enzo la salutò con un cenno e poi invitò sua nipote a seguirlo per due brevi rampe che conducevano a una terrazza soleggiata. Mentre salivano, Beatrice notò che la casa era situata su uno dei due promontori che delimitavano la baia, offrendo un felice panorama marino. Suo zio chiamò Vittorio e Marcello per annunciare il proprio arrivo, e subito, dall'interno, spuntò un ragazzone muscoloso a torso nudo, la pelle abbronzata appena più chiara dei capelli neri e cortissimi. «Salve» disse con un sorriso. «Benvenuta». Beatrice capì subito che non le sarebbe stato simpatico e quasi fu tentata di girarsi e tornare indietro, verso il treno che l'aveva lasciata in quella stazione, tra le cicale e il sole rovente. Ma fu solo un impulso fugace.

Marcello rimase stretto a lei tutto il tempo, baciandola e ripetendo il suo nome con gioia, finché lo zio non propose a tutti di andare al mare, visto che il caldo cominciava a calare. L'idea di un bagno la allettò, i flutti che vedeva in lontananza, oltre la terrazza, la attiravano e si immaginò immersa nel silenzio profondo dell'acqua, mentre la corrente le lavava la pelle dalla caligine e dalla tensione di quegli ultimi giorni. Marcello fu talmente entusiasta della proposta che non smise di ripeterla in tutto il tempo che impiegarono per raccogliere l'indispensabile, salire in macchina e arrivare sulla spiaggia. Mentre Enzo e Vittorio restarono al gazebo a giocare a carte, loro due fecero il bagno non lontano dalla riva, benché Marcello la esortasse a spingersi oltre con dei goffi tentativi di nuoto. Lei gli offrì le spalle per prendere lo slancio e tuffarsi, ridendo e accogliendo i suoi baci e le varie effusioni, fino a ingaggiare una lotta scherzosa per non lasciarsi abbassare il costume da bagno. Come nei giochi d'infanzia, la sua forza fisica non riusciva a bilanciare i movimenti sgraziati di Marcello e l'esaltazione scomposta che lo assaliva nel vederla in difficoltà. Il lido brulicava di bagnanti appagati dal sole e predisposti a un estivo edonismo, la battigia era percorsa da coppie di giovani che attiravano languidi sguardi dagli asciugamani e dalle sedie a sdraio, bambini ammoniti dagli adulti per le loro sfide dietro una palla, respiravano salsedine e odori di creme abbronzanti. Malgrado la confusione, l'attenzione di Beatrice fu attratta dalla figura di un ragazzo, esile e delicato, che lentamente si dirigeva verso l'acqua. L'osservò attraverso le gocce di mare che le velavano gli occhi, come in un sogno, la sua pelle chiara e la testa rasata in una sottile coltre di capelli. Il cuore ebbe un sobbalzo e, per un attimo, Beatrice ignorò le moine di Marcello che le spruzzava acqua dalla bocca, le movenze del giovane la ricondussero alla città che aveva lasciato quella mattina, al clamore e alla ressa. Rivide le fughe lungo le strade caligginose, sentì di nuovo lo scoppio metallico dei lacrimogeni lanciati tra la folla e il bruciore insopportabile sulla pelle e negli occhi, il fumo che si levava contro il sole aspro e poi le grida, il panico e i passi frenetici della ritirata mentre alcune figure, immobili, urlavano «Piano, piano, non correte!» cercando di sedare il panico ed evitare che chi cadeva venisse travolto. Poi ricordò gli occhi, in un'altra immagine, quei suoi occhi sfuggenti che si posavano un istante su di lei, mentre da un microfono una voce femminile con accento bauscia leggeva un elenco di sigle e nomi di collettivi. Si trovavano in una sala affollata, il cuore le batteva forte, ma ostentò un'espressione fiera, quasi corrucciata, quando si vide rivolgere un sorriso sfatto, senza dubbio per lei, da quel volto che le sembrò bellissimo. Ora, però, che il giovane fu vicino al mare, piegandosi a sciacquare i palmi insabbiati, Beatrice si avvide che non poteva somigliare all'altro, dai tratti meno aspri e più assorti. Ridesta dai ricordi, nel disincanto, si sentì oppressa dalle presenze che l'attorniavano e le toglievano il fiato, desiderò restare sola e avventurarsi al largo, velocemente nuotare. I polpastrelli illividiti di suo cugino le offrirono il pretesto per ricondurlo sulla spiaggia dove Vittorio, in allerta, già lo attendeva con l'asciugamano spiegato. Marcello non si era accorto che stava per essere consegnato al proprio badante e, saltellando sulla battigia, continuò a parlarle, invitandola ad andare a cercare Omar, *il cane del mare*. Ma Beatrice non lo ascoltava più, lo spinse delicatamente tra il tessuto spugnoso, nell'abbraccio energico del ragazzo, al quale lei, senza levare lo sguardo, sussurrò «Vado a nuotare al largo». Tornò all'acqua, a passi veloci, suo cugino la chiamò mentre già Vittorio lo sviava ad altro e lei era nell'ombra di un'onda. Nuotò con agili bracciate, il capo immerso, gli occhi serrati, mentre nelle orecchie lo sciabordio si confondeva con il ricordo di tumulti e di tamburi gioiosi. Spese tutta sé stessa in quella fuga, a guadagnare più acqua, spronandosi coll'immagine di un poliziotto corazzato e feroce, di uno squalo che la inseguisse per tranciare e uccidere. Infine, esausta, si fermò, il petto le bruciava, leggeri i seni galleggiavano sul corpo ansimante, si volse a riva e si accorse di esserne molto lontana. Il gridio dei bagnanti era adesso soffuso alle vibrazioni della terra, il monte si ergeva dinanzi a lei, la sua mole verdeggiante incuteva timore, rimandava alla potenza della profondità marina di cui quella vetta era sposa. Guardandola, pian piano Beatrice giacque nella sua grandezza, distese le braccia sulla superficie dell'acqua, spinse il capo all'indietro e si purificò dalla rabbia, dal rimorso.

Come Enzo aveva detto, Vittorio era un bel ragazzo, di quelli che gli stornelli romani dicevano *fatti col pennello*, bruno, alto, il corpo muscoloso di peluria abbondante, gli occhi dal taglio stretto e tornito. Solo le mascelle, troppo decise, gli conferivano un'espressione grossolana contro cui, dall'età della ragione e della vanità, aveva preso l'abitudine di smungersi tra i molari l'interno delle guance. Quando Vittorio vide per la prima volta Beatrice, restò sorpreso per quanto fosse carina ma riconobbe in lei la sagoma del nemico. Sapeva già che si trattava di una ragazza con idee di sinistra che veniva fresca fresca dal raduno di protesta contro la globalizzazione, durante il quale c'erano state anche delle vittime. Nel suo abbigliamento trasandato, nella peluria trascurata e nel piglio mascolino, riconobbe le fattezze di certe ragazze del suo quartiere che a volte lui e gli amici, incrociandole, chiamavano per riderne "compagne". Eppure si sorprese lo stesso di trovare in lei la nipote di un benestante professionista della capitale, cugina di un ragazzo sfortunato che incarnava il fine solidale della sua vacanza tra membri di un altro ceto e di un'opposta ideologia. Il modo in cui interpretava la propria presenza tra di loro gli era stato chiaro dal primo momento, travalicando anche quella disposizione che nel suo ambiente veniva definita "per il sociale". Al circolo dove svolgeva attività politica, quell'estate era in programma un campeggio in montagna, insaporito da un seminario su Cuba e sul nazionalismo di Castro, ma la passione per le immersioni subacquee lo aveva indotto a scegliere l'alternativa offertagli dalla parrocchia del rione. Lì, un sacerdote abile nel compensare le carenze di materia e di spirito dei suoi fedeli, gli aveva proposto di trascorrere l'estate al fianco di un "fratellino" infelice. Oltre che individuarle, il prete era stato capace di operare con successo sulle debolezze di Vittorio, agevolato dal fatto che il giovane, come tutta la sua famiglia, aveva per la Chiesa un atteggiamento di riguardo risalente ai tempi bui della morte del proprio padre. Infatti, era stato allora che, nel dolore straziante e nella diminuzione sociale, ai suoi occhi di bambino il futuro era apparso come una minaccia e, quando, subito dopo, sua madre aveva iniziato a trascurarlo per esigenze di lavoro, in lui erano sorte delle assillanti domande sul mondo. All'età di dieci anni, tutte le risposte potevano solo cadere nel cavo che la sua puerizia, crollando improvvisa, aveva aperto lungo lo sviluppo della coscienza, conservandosi lì come dogmi che placassero l'inquietudine. A differenza del fratello, Vittorio aveva avvertito poco il conforto dei sacramenti e delle celebrazioni e alla fine si era dato alla militanza politica. Ma in essa aveva riversato l'ansia di metafisica e di certezza, il senso di colpa e di trasgressione, nella ricerca di affinità cameratesche che la sua estrazione piccolo borghese sentiva come esercizi elitari. L'incontro con una cultura e dei miti proibiti, la visione avventuristica dell'individuo e quella signoreggiante della Storia avevano blandito la sua infantile associazione tra valentìa e morte. In tale negativa identificazione, lui, come il gruppo di cui faceva parte, avevano cercato la forza della loro individualità, rivolgendola contro un mondo rispetto al quale si sentivano, con orgoglio, ai margini. Aspirando a un modello ideale, si andavano plasmando per esso e si recitavano, di volta in volta, proletari, rivoluzionari, antimperialisti, antiborghesi, gioventù dalle profonde radici, pronta un giorno a passare al bosco o a cavalcare la tigre. D'altra parte, le quotidiane ortodossie sociali e morali soggiacevano in loro, costrette, come accade in molte dottrine escatologiche, a comporre l'attesa vuota e dolorosa prima dell'Avvento. Allora, il tifo e l'agorà sportiva, le beghe della precarietà o gli spasimi delle vicende sentimentali, gli orpelli della cultura di massa e i vezzi conformisti bilanciavano il peso delle lotte contro globalizzazione e mercato neoliberista, o per la ricostruzione dell'identità nazionale e la difesa della razza. Per tutto questo, fu dolce a Vittorio la vista di Beatrice, per lei provò subito interesse non solo come maschio, non solo in quanto era certo che dietro le sue idee si celassero orditi per la propria bandiera, ma anche perché già prima di vederla l'aveva percepita come una ragazzina privilegiata e capricciosa che il suo risentimento e la sua aspirazione sociale avrebbero goduto a conquistare. Tuttavia, sin dall'inizio fu ben attento a non sottolineare alcuna delle loro diversità, assumendo una sorta di reticenza cortese mentre assolveva il proprio ruolo di volontario, facilitato dal non possedere per esso alcuna attitudine se non l'esercizio di una generica determinazione.

L'indomani, Beatrice si levò alle undici e mezza, avrebbe prolungato il suo torpido sonno ma il sole batteva ormai a picco nella camera. Era rimasta fino a notte fonda a leggere per la seconda volta *Cassandra,* ricavandone tante similitudini con la realtà. Suo cugino e Vittorio erano andati in spiaggia da un pezzo, lasciando Enzo alle notizie dei giornali e alle meditazioni sul lavoro cui spesso si dedicava in un angolo della casa. Una tazza di caffè caldo con tre dita di latte freddo, qualche biscotto dei più pubblicizzati e poi la colazione divenne un campo di discussione con lo zio sugli ultimi avvenimenti che impegnavano anche la stampa internazionale. Un giovane morto, centinaia di feriti e di arrestati, la polizia sott'inchiesta per gravi abusi di potere e l'opinione pubblica divisa tra chi difendeva le autorità e chi i giovani, l'intero paese si sentiva nell'occhio del ciclone. Enzo le domandò della sua esperienza nella grande manifestazione e, nel porre la questione, non poté evitare un tono reciso come quello che usava con i clienti. Ancora assonnata, la ragazza iniziò a rispondere a monosillabi o lasciando sospesa la frase in un gesto a cui suo zio faceva corrispondere la parola che non le veniva, incalzandola. In breve, le parve di trovarsi di fronte a Eumelo, il sorvegliante sospettoso, capo della guardia di Priamo, che aveva avvolto Troia di intrighi polizieschi durante l'assedio dei greci. Forse per romperne la reticenza, l'uomo iniziò a criticarla e a mettere in dubbio la sua visione dei fatti, contrapponendole la versione della stampa o le incongruenze di una posizione troppo partigiana. Provocata, Beatrice sentì più volte montarle la rabbia, il sonno inquieto che aveva avuto rese le sue risposte sempre più pungenti, fino a esplodere «In quale cazzo di mondo vivi!» urlò, esasperata, puntandogli il dito contro. «Tu non c'eri, eri qui a goderti le vacanze mentre noi protestavamo anche per quelli come te, che poi sanno dire solo stronzate! Parli di stranezze, ma non è più strano ancora starsene tranquilli a osservare come si fottono il pianeta? Sai una cosa? Quella mattina, io e la mia amica siamo andate a fare colazione in un bar e lì dentro c'erano pure i celerini, abbiamo bevuto il caffè gomito a gomito con i poliziotti. Io per un momento ho pensato che in fondo quegli stronzi non avrebbero fatto altro che il loro lavoro, un mestiere come un altro. Invece, lo sai cosa ci hanno detto quando sono andati via? "Ci vediamo dopo" questo hanno detto e non ridevano, facevano sul serio. "Ci vediamo dopo" questo intendevano, sapevano già che ci avrebbero fatti a pezzi con il benestare dei loro capi... ecco quello che è successo... ecco perché un ragazzo è morto... tutto il resto, tutte queste stronzate che farfugliate tu e i tuoi giornali non c'entrano un cazzo!».

Le lacrime che già avevano preso a scorrere divennero pianto e non poté più continuare. Lo zio, a testa bassa, si avvicinò e, dopo aver vinto la sua resistenza, la prese tra le braccia e lasciò che si sfogasse, carezzandole i capelli. La tenne stretta per qualche minuto, sentiva di comprenderla e ne ebbe compassione, come aveva compassione per sé stesso al pensiero della propria vita. La nascita di Marcello, la sua sindrome e poi la morte della moglie, lui costretto a tirare su da solo un figlio della cui condizione doveva in qualche modo avere colpa. L'eventualità della colpa lo tormentava, la notte sembrava girare intorno al suo letto e bisbigliare l'elenco dei suoi errori, delle sue mancanze, tirandogli via l'aria così come gli era stata sottratta quella vita che non aveva mai potuto vivere. E adesso la ragazza che piangeva tra le sue braccia, vittima di un'ingiustizia eterna sulla faccia della terra ma che tuttavia poteva sconvolgere la sua giovinezza. D'istinto, si toccò l'orecchio destro per sentire la piccola massa tumorale che era venuta ad aggiungere altre inquietudini alle sue giornate dopo aver sonnecchiato sotto forma di una banale cisti. Era come un animaletto che abitasse nella sua testa e che prima o poi bisognava sfrattare, eppure non riusciva a odiarlo e, anzi, aveva iniziato a studiarlo quasi per prendere confidenza con una nuova parte di sé. In camera sua, ben nascosti, teneva dei testi oncologici: fotocopie di manuali, piccoli trattati e articoli di riviste, dai quali, saltando le parti troppo scientifiche, era riuscito a farsi un quadro generale. Aveva diviso i rischi dalle possibilità, le prospettive dai tentativi e ora attendeva solo il responso della biopsia, come il colore su cui si sarebbe fermata la pallina di una roulette. Conosceva ogni sfumatura di quei colori e guardava la pallina girare, era curioso di sapere fino a che punto si sarebbe spinta la sorte, dove intendeva portarlo dopo averlo fatto correre tanto.

Ritrovando il controllo di sé, Beatrice si sciolse infine da quell'abbraccio e, senza il coraggio di guardare suo zio negli occhi, arretrò di due passi mentre annuiva per rassicurarlo che ora tutto andava bene.

«Ti accompagno in spiaggia?» propose l'uomo, di nuovo lei annuì, soffiandosi il naso con un tovagliolo di carta.

«Allora mi avvio alla macchina» disse, «fai pure con calma, devo prima sistemare una cosa» e uscì, lasciando a Beatrice il tempo di riprendersi. Quando rimase sola, si vergognò di quel pianto come di un atto di tradimento, si rammaricò di non essersi limitata a rintuzzare le stupide idee di suo zio senza lasciarsi andare all'emotività. Squillò il cellulare e dalla sigla sul display vide che si trattava di sua madre, non era molto in vena di parlarle ma sapeva che l'altra avrebbe fatto di tutto per rintracciarla. Rassegnandosi, accettò la chiamata.

«Come va?» chiese sua madre, in quel tono di finto distacco con cui celava le sue ansie. «Hai letto le ultime notizie? Ho temuto per un attimo che tra l'elenco degli indagati ci fosse anche il tuo nome, invece, per fortuna...».

«Mamma!» esclamò, infastidita, Beatrice. «Perché dovrei essere tra gli indagati?».

«Certo, tesoro, ma pare che abbiano identificato delle persone dai filmati» continuò lei. «C'è anche un certo Alessandro Battistini... Battistelli. Non è per caso quel tuo amico che chiamate Alex?».

«Ma no, mamma, smettila di dire cazzate!» rispose sua figlia, scaldandosi. «Se qualcuno intercettasse questa telefonata penserebbe davvero che siamo una banda di terroristi» e lo disse quasi per recitarlo in un immaginario nastro magnetico che stava registrando la loro conversazione.

«Quelli l'hanno fatta grossa, laggiù» proseguì sua madre come se le scivolasse aria addosso. «Sono disposti ad arrampicarsi sugli specchi, per rimediare. Sapessi, in passato, quante ce ne hanno combinate...». Quel "noi" ricorreva spesso nei discorsi di sua madre, come dei ponti che gettava verso sua figlia per accomunarsi a lei. Era la solita storia, non riusciva a frenare la propria ansia per Beatrice e, sebbene riconoscesse che aveva bisogno di esperienze per maturare, allo stesso tempo non poteva sopportare di esserne esclusa. Aveva stabilito con sua figlia un rapporto confidenziale costruito, in fondo, sull'esigenza di proteggere il legame di sangue tra loro due che le avrebbe garantito di sopravvivere a sé stessa. Era un perenne conflitto tra il desiderio che sua figlia riuscisse in tutto, che si investisse a divenire la donna felice e completa che lei non era mai stata, contro il bisogno di servirsene invece come una rendita di affetto e temperamento. Eppure, il suo egoismo, arricchito della sensibilità di madre e dell'esperienza di amante, sapeva che con la costrizione avrebbe ottenuto l'effetto opposto e cioè che Beatrice avrebbe piuttosto cercato di sfuggirle. Così, tra errori e aggiustamenti, era ormai in grado di giocare il proprio ruolo con elasticità, utilizzando l'autorità dell'indulgenza per accedere agli stati d'animo più profondi della figlia e azionare certe chiavi, pigiare certe note. Agiva per amore e per paura, tenendo questi due sentimenti inficcati, come l'asta di una bandiera, in una caparbietà che le veniva dal percepire la vita alla stregua di un giornata felice ma riservata a pochi, nella quale lei si era battuta per conquistare il proprio posto. Beatrice non disponeva né della lucidità né del distacco per mettere a fuoco il complicato intrico che sua madre le aveva teso intorno, giacché per lei tutto questo era semplicemente *il suo mondo*, la naturale condizione della crescita.

«Zio Enzo dice che sei molto tranquilla e che avrebbe piacere se restassi qualche giorno in più. Tu sai già cosa farai?».

«Credo che partirò nel fine settimana, qui si sta bene, ma dopo un po'...».

«Mi fa piacere, allora» la incoraggiò. «E se ti venisse in mente di raggiungermi, quest'anno ci sono molti più giovani, hanno organizzato un festival di musica su in montagna e i ragazzi passano la giornata al mare qui intorno».

«Vedrò» rispose. «Devo sentire anche Claudia e Francesca».

«Come credi» aggiunse sua madre, celando abilmente l'irritazione per quel tentennamento. «Ma comunicamelo per tempo, usciamo in barca tutti i giorni e, al largo, il cellulare spesso non prende».

Per un attimo sua figlia fu tentata di raccontarle del ragazzo, ma temette che lei avrebbe cercato di consolarla, così tacque, fino ai saluti, dopo i quali spense l'apparecchio.

Passarono tre giorni e per lei furono di mare e di riposo, ma lo zio preferiva starsene in casa a leggere e preparare, per i ragazzi di ritorno dalla spiaggia, astute insalate e piatti fantasiosi consumati mentre li teneva al corrente sulle previsioni del tempo o sulle chiacchiere che giravano in paese. Le raccoglieva tra i banchi del mercato e dai negozianti, dove, di buon'ora, andava insieme a Vittorio a fare la spesa e, una mattina, i due fecero ritorno con una pila di quotidiani più voluminosa del solito, poiché le prime pagine erano dedicate alle svolte giudiziarie sul meeting contro la globalizzazione. Beatrice, immancabilmente ultima, raggiunse gli altri in cucina dopo una notte agitata da un incubo, il primo suscitato dall'avventura del raduno. Aveva sognato di vedere da molto lontano, sul lungomare di una città, dei puntini neri, quasi delle pulci, che si dibattevano; lei si era avvicinata, o forse la scena si era fatta più grande, scoprendo in quei puntini delle persone, manifestanti che correvano, inseguiti da uomini armati fino ai denti. Tra loro aveva scorto il ragazzo assassinato, vestito di un'armatura leggera, luccicante sotto il bagliore solare, mentre impugnava una piccola daga e fuggiva da uno degli uomini in procinto di sparare. Lei lo aveva chiamato, col nome di Troilo, il fratello più giovane di Cassandra, trucidato da Achille all'inizio della guerra e mai assurto alla gloria degli eroi di Ilio. Il ragazzo si era fermato, ansimando, e lei, con una voce da bimba spaventata, gli aveva gridato di rifugiarsi dentro un edificio di marmo bianco che sapeva essere il tempio di Apollo. Troilo aveva fatto un cenno di assenso, come per dire che si trattava di una buona idea, mentre le prendeva la mano. La mano di lei, nel sogno appariva grandissima e con un segno rosso nel palmo che le bruciava. Lui l'aveva toccato dicendo "Ecco, questo è il segno del coraggio!" e subito un'ombra nera e terribile aveva oscurato il cielo sopra di loro, chiudendo ogni via di fuga dal tempio in cui si erano rifugiati. Il giovane allora, mentre si slacciava il corpetto dell'armatura, aveva iniziato a piangere, dicendo che non aveva paura di morire ma che la sua morte sarebbe stata inutile e per questo lui avrebbe preferito vivere. Lei aveva cercato invano di incoraggiarlo, ma Troilo le aveva risposto che questa storia della morte eroica era solo una fregatura e, con una smorfia un po' comica sul volto bagnato di lacrime, alla fine si era lasciato avvolgere dall'ombra nera calata su di lui. Qui, Beatrice si era svegliata, confusa dalla giostra del sogno e, in preda alla disperazione, aveva subito aperto il suo libro su Cassandra, sfogliandolo alla ricerca della descrizione della morte del giovane Troilo. L'aveva letta, tre scarne pagine colme del dolore della sacerdotessa che narravano il sacrilegio di "Achille la bestia" nel santuario di Apollo dove Cassandra, credendolo al sicuro, aveva trascinato il giovane fratello inseguito dall'acheo. Questi, incurante del luogo, si era accostato a Troilo nella furia e nell'estasi dell'assassinio, palpandolo con "nuda terrificante voglia maschile". Infine, ridendo, la bestia appena sbarcata con i suoi a Ilio gli aveva mozzato il giovane capo dinanzi al simulacro del dio. La ragazza, sorpresa per quanto quelle pagine le si fossero impresse nell'inconscio, si avvide che il sogno le svelava un paragone che non avrebbe mai saputo comporre da sola. Con la certezza, indispensabile alla sua età, che il versante onirico e quello reale sostanzino la mente, le fu difficile accantonare quanto aveva sognato e che le apparve come una profonda rivelazione. Forse a quel punto il suo equilibrio psichico era già stato scosso, come gli eventi successivi avrebbero fatto sospettare, dall'esplosione di orrore cui aveva assistito nei giorni precedenti, fino a imbattersi nell'esperienza singolare della morte violenta di un suo coetaneo. Tuttavia, quella mattina, nemmeno per un attimo la sfiorò l'ipotesi di una suggestione che il libro poteva aver suscitato in lei, al contrario, già il suo titolo, *Cassandra*, le apparve come sinonimo di rivelazioni che non dovevano rimanere inascoltate. Quasi avesse trovato dentro di sé uno spazio dalle dimensioni corrispondenti, lo riempì con la decisione che da quel momento avrebbe chiamato Troilo il ragazzo assassinato, così come lui e Cassandra le avevano richiesto in sogno. Ancora colma di angoscia, ma forte di un retaggio tanto solenne, uscì dalla sua stanza e, dopo una tappa in bagno, andò a sedersi tra Marcello e lo zio, mentre Vittorio ai fornelli stava preparando il secondo caffè. Si versò il latte per il suo cappuccino freddo, poi sbirciò il titolo del quotidiano che lo zio stava leggendo e scrollò la testa in uno sbuffo. Sorseggiando, prese uno dei giornali poggiati sul tavolo ma lo ripose quando ne scorse un altro, notoriamente di destra, con un titolo che la indignò più dei precedenti.

«Perché avete comprato questa schifezza?» fece, ancora assonnata, masticando un biscotto.

«Cosa?» chiese suo zio, credendo si riferisse a qualcosa che aveva a che fare con la colazione.

«Questo giornale di merda» aggiunse lei, capovolgendolo.

Vittorio si sentì chiamato in causa e, indurendo i lineamenti del volto, disse «L'ho comprato io. È un giornale... sicuro».

Si guardarono, lei scarmigliata e con la bocca aperta, lui drizzandosi dal ripiano cui era poggiato come un soldato che si mettesse sull'attenti. «Sicuro» aveva detto, volendo significare "attendibile" e ciò tradì la sua emozione, per quanto lui cercasse di celarla dietro una fierezza che lo fece arrossire. Enzo si astenne dall'intervenire e tornò a concentrarsi nella lettura, Marcello finse di non accorgersi di nulla e continuò a prosciugare la tazza del suo latte e cacao. I due ragazzi, invece, si fissarono in silenzio, Beatrice serrò le labbra con sdegno e, inzuppando un biscotto, disse «Sicuro che è un giornale... ma è un giornale di merda, letto dalle merde di destra».

Vittorio fece due passi in avanti e irrigidì il collo, indignato, non poteva evitare di raccogliere la sfida, con una voce un po' stridula, da damerino che si desse un tono, disse «Non dovresti parlare così, è poco democratico, io non dico niente dei giornali che leggi tu, sono una persona educata e non intendo mandare avanti questa polemica in presenza e per rispetto di tuo zio. Però non puoi permetterti di insultare gli altri, io non lo tollero e, anzi, chiedo a lei, Enzo, di richiamare sua nipote e di spiegarle che l'essere una donna non l'autorizza a insultare gli altri. Comunque, per tua informazione, dato che non ho peli sulla lingua, io faccio parte di un gruppo di estrema destra e quel giornale lo compro sempre, ma ci sono cose che non potrai mai vedere, perché non sono in vendita, che sono molto più vicine a quelle che pensiamo veramente noi di destra».

Aveva parlato di filato, mettendo una frase dietro l'altra come se leggesse da qualche parte e, alla fine, quasi obbedendo a un segnale, si girò e uscì in terrazza, lasciando il caffè a gorgogliare sul fuoco. La sua reazione lasciò tutti di stucco e, in verità, anche un po' divertiti, l'aria da cicisbeo che aveva assunto nel rispondere gli aveva conferito un tono comico, senza che però nessuno osasse sottolinearlo. Enzo, mettendo per un attimo da parte il giornale, lanciò a sua nipote un occhiolino malizioso che voleva anche significare "Meglio smetterla qui". Ciò che prevedeva era infine accaduto e volle restare imparziale, ai suoi occhi di uomo maturo, infatti, quello sbotto, seppure maldestro, era l'emergere della sensibilità ferita di un ragazzo. Con una smorfia acre sul volto, Beatrice si limitò a spegnere la moka che ronronava sul fornello, sussurrando «Dunque è un fascio!» e, dopo una pausa, durante la quale poggiò la caffettiera sul tavolo, aggiunse «E allora si merita tutto il mio disprezzo!».

In seguito all'avvenimento, quella mattina anche Enzo andò con loro in spiaggia, Vittorio ne approfittò per portarsi dietro maschera e pinne e darsi all'immersione subacquea, abbandonando deliberatamente la compagnia. Gli altri fecero il bagno, Marcello particolarmente silenzioso e sua cugina contrariata perché giudicava una slealtà averle taciuto la presenza di ciò che avvertiva come una minaccia fisica e morale. Qualche bracciata per rilassarsi e dopo si stesero al sole tutti insieme, come fossero una delle famigliole che li attorniavano e tra cui si confusero. Beatrice fumò una sigaretta ancora col volto che gocciolava, pinzando il filtro per non bagnarlo, in tal modo ebbe un'aria un po' snob mentre domandava a suo zio «Perché l'hai portato qui con te?».

Era la prima volta che gli chiedeva di Vittorio e in effetti era anche la prima volta che lo prendeva in considerazione. Enzo cercò di smussare ciò che percepiva come un lento caracollare del suo stato d'animo. «È una brava persona, e poi ne avevamo bisogno» qui fece un cenno verso il figlio intento a ripulirsi minuziosamente dai granelli di sabbia.

«Sì, ma come mai proprio uno così? Tu non hai problemi con lui?» insistette la ragazza.

«No. È preciso, prende sul serio il suo lavoro e credo che il parroco che me l'ha raccomandato l'abbia fatto proprio perché si confrontasse con delle persone come noi. Deve conoscerlo a fondo e ha ritenuto che gli fosse utile. E poi, in città riavremo la nostra badante, ma al momento, senza di lui, non saprei come altro fare con Marcello».

Suo figlio, sentendosi nominare, sollevò la testa in uno di quei sorrisi che al sole davano al suo volto l'aspetto di un limone rigoglioso, poi riprese a spulciarsi la pelle dai coriandolini di sabbia.

«Bah» sbottò Beatrice. «Io non potrei fingere di andare d'accordo con uno che se potesse mi bastonerebbe. Ma lo sai che cosa fanno quelli come lui? Magari appartiene a una delle bande di fascisti infiltrati...». Mentre diceva questo si interruppe, rapita, il pensiero corse al suo Troilo, alla foto del corpo disteso in un lago di sangue che ormai campeggiava su tutti i giornali. Per lei non era solo un'immagine, era un corpo caldo e vibrante di vita, un corpo che lei aveva visto respirare, tutt'altro dal manichino inanimato che era passato alla cronaca. Provò un odio ancora più forte per Vittorio, tutto ciò che si opponeva a quel giovane ucciso suscitava in lei avversione, ogni elemento contrario era come un'arma imbrattata del suo sangue. Le parve di sentirsi ancora il suo sguardo addosso, come quella sera nello stadio che ospitava i manifestanti, occhi che per lei non avevano più un richiamo sensuale ma erano il simbolo di un'intesa che le bruciava dentro. Tacque, lasciando cadere la questione, e sprofondò nella sabbia la sigaretta ormai consumata dal vento.

Quel pomeriggio, fino al rientro a casa, Beatrice era decisa ad andarsene via, interrompendo quella pigra vacanza di quattro giorni, per raggiungere sua madre giù al sud. Stava per annunciarlo a Enzo, ma tentennò al pensiero che così facendo avrebbe favorito proprio Vittorio. Quelle parole "estrema destra" ancora le rimbombavano in testa, le sembrava che qualcuno avesse detto "io mangio i ratti" oppure "lecco il vomito", qualcosa di assurdo, di inaccettabile, che solo una mente distorta poteva dichiarare con la fierezza che lei aveva colto nel suo tono. Era come se quel ragazzo avesse una malattia infettiva che, se si fosse affrontata a guardia bassa, poteva trasmettersi a tutto il mondo, celandosi nei trasporti dei vizi e delle frustrazioni. Mentre era in camera, già intenta a rifarsi lo zaino, percepì d'un tratto il tono sostenuto e odiosamente cordiale con cui Vittorio stava parlando a Marcello e, a quel punto, l'intento di Beatrice si incrinò. Fu tentata di non dargliela vinta, pur ignorandone il modo, si andava convincendo a non cedere e, per la prima volta, si sentì orgogliosa di poter opporre il proprio carattere e di lottare con esso. Il suo nemico era di là, sotto lo stesso tetto, lei ne sentiva la voce che le faceva paura, che le faceva rabbia, ma era tentata lo stesso di restare e combattere. Ma come? L'istinto le suggerì di allentare il legame di Vittorio con suo cugino, portare Marcello dalla propria parte per sottrarlo all'influenza del nemico. Poteva star certa che quello avrebbe provato a metterle Marcello contro e, quindi, doveva giocare d'anticipo. Rimanere era per lei la risposta a una sfida di cui non ignorava le componenti d'orgoglio e di vendetta, ma che stava comunque per prendere religiosamente sul serio e che, alla fine, assunse su di sé. Estrasse di nuovo il libro dallo zaino e lo sfogliò come per interrogare un oracolo. L'occhio le cadde su due righe che qualcuno, forse l'amica da cui l'aveva ricevuto in prestito, aveva sottolineato con un pastello azzurro "Oh se a lui, Achille la bestia, fossero state date mille morti. Oh se fossi stata presente a ciascuna di esse".

Quando uscì dalla camera, vide che suo zio e Vittorio stavano discutendo in terrazza, Enzo, gesticolando animatamente, sembrava cercasse di convincere l'altro che invece era rivolto verso il panorama della baia, ormai distante e indifferente a ciò che lo circondava. A quella scena Beatrice si sorprese a temere che il ragazzo avesse comunicato a Enzo l'intenzione di andarsene, la cosa la spiazzava, anticipando quello che, fino a poc'anzi, era stato il suo proposito. Un pungolo imprevisto la trafisse, iniettandole una rabbia velenosa nelle vene, si sentì sconfitta prima ancora di intraprendere la sfida. Non era certa che, se Vittorio avesse deciso di partire, per lei ci sarebbe stata la soddisfazione di veder battere in ritirata un fascista, anzi, già la irritava la prospettiva che ciò avvenisse prima che la competizione avesse luogo. L'eventuale rinuncia di quello le gelò il cuore, l'affronto che lui non la ritenesse all'altezza della battaglia aveva il potere di una disfatta. Se questo era l'argomento della discussione in corso e se davvero suo zio stava cercando di trattenere il ragazzo, Beatrice sperò che la spuntasse nel convincerlo a rimanere, almeno abbastanza da darle l'occasione di mettere a segno un colpo. Desiderio forte e doloroso, il suo, che defluiva da un magma di emozioni scaturite dal ricordo del ragazzo ucciso, da quel sangue versato per un ordine bisbigliato all'orecchio di un subordinato o per un manipolabile odio di classe. Era materia, pietra in cui fosse imprigionato un lamento, il bisogno che il nemico non svanisse, sottraendole l'incarnazione della sua ossessione.

La sera stessa, lo zio la raggiunse mentre stava leggendo a Marcello il suo libro per l'estate, con discrezione stette un po' ad ascoltare un brano del *Richiamo della foresta* e, appena la nipote fece una pausa, le disse «Ho convinto Vittorio a non partire, è stata dura, ma è importante che rimanga, per mio figlio. Però desidero che resti anche tu...».

«Puoi prenderne un altro, non sarà un problema di soldi!» lo interruppe lei, candidamente accesa. Enzo sbuffò, un po' deluso da quell'inatteso vigore ostile, tenne una mano aperta sul petto mentre sorrise al figlio che se ne stava taciturno e consapevole.

«Sarebbe una complicazione» le rispose, infine. «...Abbastanza notevole, di questi tempi. Cercare un sostituto... e poi per un motivo del genere».

«Vuoi un altro motivo? Sai chi sono i fasci?... Hanno mandato gente innocente sottoterra» sorrise lei come un clown grottesco.

«La politica non mi interessa più» sbottò lui, tirandosi di nuovo in piedi. Poi riprese il suo tono calmo. «Ma ho rispetto delle tue idee... io e Marcello saremmo molto tristi se tu andassi via così presto». La guardò negli occhi, con una tenera serietà che veniva dalla sua indole patetica, diede a lei un bacio sulla fronte e un altro a Marcello che lo reclamava, poi uscì per raggiungere Vittorio, con il quale sarebbe andato a bere qualcosa. Vedendolo allontanarsi, Beatrice sospirò con rammarico, ma una parte di sé, nascostamente, gioiva, preparandosi alla sfida cui si sentiva chiamata. Fece un rapido calcolo delle risorse, dei trucchi e dei vantaggi da utilizzare contro la bestia che per lei incarnava ogni stortura del mondo, ostentando le proprie colpe. Poi, la voce di Marcello la riagguantò dalla paranoia. «Come si chiama il padrone del cane?» chiese col suo tono gutturale.

Lentamente, Beatrice sfogliò il libro alla ricerca di quel nome, lo trovò e lesse «John, si chiama John... Thorton» esagerando un po' le dentali di quel nome americano da cow-boy.

«E veramente era l'unico che il cane amava?» proseguì il ragazzo, come se fino ad allora fosse stato a meditare su questo aspetto del racconto.

«Qui dice così» sorrise la ragazza e poi riprese la lettura dal punto in cui si erano fermati.

Il giorno dopo, nessuno dei due contendenti era partito. Al mare, restarono tutto il tempo al riparo dell'ombrellone e abbandonarono la spiaggia soltanto per prendere qualcosa da mangiare al bar del gazebo. Vittorio era andato a fare le sue immersioni e li raggiunse quando ormai il caldo scemava; sembrava stanco ma sereno, inebriato dalla quiete dei paesaggi subacquei. Nell'entusiasmo, non poté fare a meno di descrivere a Enzo il fondale lì intorno. «Calmo e chiaro» ripeté più volte e l'altro dovette promettergli che prima o poi lo avrebbe accompagnato nelle sue escursioni marine. Spazientita dal protrarsi del racconto, Beatrice accennò a lasciarli, rimarcando il suo intento con degli stizziti colpi di tosse, ma Vittorio la anticipò e tornò in acqua insieme a Marcello per mostrargli come si respirava dal boccaglio. Mentre li osservava scherzare sulla battigia, la ragazza fu assalita dalla gelosia, convinta che lui avesse iniziato a contenderle Marcello per indebolire il legame tra loro. Ma si rinfrancò al pensiero di quanto fosse saldo il proprio ascendente sulla mente del cugino, attraverso il quale, se solo avesse voluto, poteva ritorcere il vile attacco contro il nemico. Ignaro del suo turbamento, Enzo iniziò a raccontarle della gita in programma per l'indomani alla scogliera bianca, a mezz'ora di macchina, in un luogo insolitamente selvaggio sulla mite fascia costiera. Si trattava di una specie di pellegrinaggio che ogni anno Marcello faceva con suo padre, era il luogo della sua avventura dove, battuta insidiosamente dal vento, si ergeva, a protezione di un'insenatura, una barriera artificiale di scogli che il ragazzo amava percorrere come un piccolo Achab sulla sua baleniera. Il racconto di Enzo venne subito all'orecchio di suo figlio che, appena tornato dalla riva, avendo compreso gli ammiccamenti di suo padre, iniziò ad agitare le mani nel vuoto, come se illustrasse le descrizioni dell'altro, acceso da un incontenibile desiderio. Il ragazzo era ansioso di mostrare la scogliera alla cugina e già pregustava di guidarla lungo il ponte di rocce, fino alla prua sferzata dal vento e dai frangenti, fiero di provare che anche lui poteva sfidare gli elementi. La sera stessa, a cena, spiegando che avrebbero dovuto discendere a piedi un sentiero, Enzo esagerò un po' le insidie del percorso per compiacere suo figlio ed entusiasmarlo, trasformando la gita in un'impresa avventurosa. Il racconto venne interrotto dallo squillo del cellulare, ed egli rispose appartandosi sulla terrazza e lasciando l'uditorio all'imbarazzato silenzio dei due avversari e all'eccitazione del figlio. Quando ritornò, l'espressione del suo volto era mutata, mentre riprendeva posto non riuscì a dissimulare un'improvvisa stanchezza e se ne restò in silenzio finché Beatrice non lo riscosse. Sforzando un sorriso, Enzo, allora, annunciò che l'indomani non ci sarebbe stata alcuna gita: un cliente lo aveva appena convocato in città per una consulenza importante. Fu evidente che non era quello il vero motivo, ma la sofferenza apparsagli sul volto convinse Beatrice e Vittorio ad assecondare quanto aveva affermato. Con rammarico, Enzo propose di rimandare l'escursione, ma questa volta fu la nipote a dirsi indisponibile visto che presto sarebbe ripartita per raggiungere sua madre. Dopo aver seguito la sfilza di deludenti variazioni, contrariato, Marcello sentenziò che avrebbe comunque condotto sua cugina alla scogliera bianca e non ci furono ragioni capaci di distoglierlo da questo proposito, sicché la panna del dessert iniziò a volare sulle pareti della cucina e sui presenti. Inorgoglita dall'attenzione che suo cugino le dimostrava di fronte al nemico, Beatrice, quando Marcello pretese che si andasse anche senza suo padre, rimase in silenzio e acconsentì con lo sguardo alla proposta di Enzo di raggiungerli appena si fosse sbrigato. Nel fresco della serata, mentre dalla terrazza di casa era intenta a osservare il panorama costellato di luci che s'invanivano nel mare, Beatrice rispose con un secco «Non ho nessun problema» a suo zio che voleva accertarsi dello spirito con cui avrebbe affrontato quell'escursione insieme al nemico. Del resto, Vittorio, animato dalla lieve ebbrezza di qualche bicchiere di vino, non si era fatto turbare dalla prospettiva della gita e, lasciata la tavola, iniziò a scherzare con Marcello sulla possibilità di immergersi insieme il giorno dopo per esplorare i fondali marini. I due, seduti in penombra su un vecchio canapé, si diedero ad avventurosi programmi, Marcello, col tono di grottesca virilità che quel conciliabolo gli infondeva, provò a tirare in ballo anche Beatrice che però sfuggì, risentita.

«Allora devi portare una maschera anche per Beatrice» esclamò Marcello.

«Se lei vuole...» rispose Vittorio, intiepidito dal vino.

«No» troncò, aspra, la ragazza. «Beatrice non vuole».

La risposta non parve irritare il giovane che, dopo un istante, continuò tra sussurri e risatine a scherzare con Marcello, già predisponendosi alle conseguenze di quella decisione, e cioè che l'indomani avrebbe dovuto fare lui da capobranco. Stanca, invece, Beatrice se ne andò a letto, mentre sempre più cresceva in lei la noia di quel posto, si scoprì a rammaricarsi per non essere partita il giorno prima, quando ne aveva avuto lo slancio. Scrisse qualche frase sul suo zibaldone di carta riciclata e poi rilesse le pagine dei giorni precedenti, per lo più indirizzi alla rinfusa di persone conosciute sul posto e qualche citazione udita durante i forum di discussione. Amava collezionare motti arguti e illuminanti ma non era mai riuscita a servirsene, qualcuno di famoso aveva detto che era come piazzare dei cecchini sul cammino delle argomentazioni avversarie e lei si rammaricò di non aver sparato un solo colpo fino ad allora. Infilato tra le pagine, trovò un foglio che Francesca le aveva dato durante il raduno, era una poesia di Neruda di cui rilesse il primo verso "Lentamente muore chi diventa schiavo dell'abitudine, ripetendo ogni giorno gli stessi percorsi..." e questa prospettiva incrementò la sua depressione. Avrebbe potuto già starsene con gli amici in situazioni interessanti o lasciarsi coccolare un po' da sua madre, invece di trovarsi ancora là, in una specie di soggiorno turistico per pensionati. Nemmeno la sfida col suo nemico la interessava più in quel momento, pensò che, se lui lo desiderava, poteva anche tenersi suo cugino, una volta lontana tutto ciò le sarebbe apparso solo come uno stupido capriccio. Da quando era arrivata, aveva avuto modo di lasciar decantare nell'animo l'effetto di quelle giornate trascorse al raduno, ed esse apparivano più vivide di fronte al tedio odierno e più complesse nell'inconsistenza dei suoi mutamenti d'animo. Sebbene avesse ancora dinanzi agli occhi le scene terribili e sanguinarie in cui poliziotti e carabinieri si davano alla caccia spietata di qualunque cosa si muovesse, cani che attaccavano per istinto ogni fuga; sebbene il volto del suo Troilo, ormai visibile ovunque come un'icona, avesse per lei un corpo e un gesto che, dal momento in cui erano stati strappati alla vita, avevano prodotto una lacerazione e, da questa, ai suoi occhi, come dalla falla di una nave, sgorgassero tutte le iniquità e le discordie del mondo; sebbene le voci querule e le immagini discinte sui giornali e sulle tv offuscassero la materia di quell'esperienza, la più grande della sua vita; malgrado tutto ciò, Beatrice non poté fare a meno di pensare che quelli erano stati anche dei giorni felici. Ricordò la folla straripare nelle piazze, compatta e vitale, ricordò gli incontri che spuntavano ovunque non perché qualcuno li decidesse, ma perché sembrava che ogni persona dipanasse da sé uno statuto di cordialità e di confronto. Ricordò forme, colori e profumi che non distingueva ma che ora le apparivano nel rigoglio dei loro interrogativi, delle loro pretese, delle loro gigantesche utopie. E tutto questo non era appartenuto a nessuno, non aveva avuto alcun fregio, alcuna etichetta, era semplicemente stato e poi svanito, lasciando il campo alle macchinazioni, ai calcoli, alle appartenenze e alle rivendicazioni che adesso stavano agitando l'estate italiana.

Fu all'alba, in un dormiveglia convulso di sogni e di immagini della mente, che la ragazza ebbe la strana sensazione di tornare nel suo letto da un viaggio distante per riprendere possesso delle membra. Provò il calore del suo corpo e avvertì il lento ridestarsi della luce dall'oscurità della notte, ma si sentì vibrare di un anelito che non riconobbe suo, ed ebbe l'illusione che un cane, il labrador con cui una mattina avevano giocato in spiaggia, le stesse addosso e la leccasse. Mormorò, volendo scacciarlo, ma fu prima che il corpo ritornasse sotto il suo pieno dominio e allora le uscì solo un rantolo; sforzandosi, Beatrice adoperò ancora più fiato, fino a biascicare un tenue “no” e infine rinvenne e aprì gli occhi. Fu allora che le parve, nella penombra dell'aurora, di scorgere una figura allontanarsi rapida oltre la porta della stanza, sussultò ma impiegò ancora qualche secondo prima di decifrare la situazione, tentata dal ricadere nel rifugio del sonno. Allungò la mano e si accorse del proprio sesso scoperto, si ridestò nella cognizione di ciò che poteva essere accaduto, saltando a sedere nel letto. Era stato un incubo? Vide la porta dischiusa oltre cui la casa giaceva immobile e sonnolenta, cercò di ricordarsi se la sera prima l'avesse serrata, le parve di sì, ma non ne fu certa. Sentì la peluria umettata, cercò di stabilire se si trattasse di un liquido interno e, ormai sveglia, si alzò, si sfilò gli slip per vedere se fossero macchiati e trovò l'alone delle consuete perdite. Confusa, si sdraiò di nuovo sul letto per cercare di riordinare tutte quelle sensazioni, ma molte erano ormai dissolte nell'oblio, tranne la visione di quell'ombra oscura che fuggiva dalla stanza. Scattò come una molla e, atterrita, si diresse alla porta per dare un giro di chiave, poi si infilò i pantaloni e si rimise a letto, il lenzuolo fin sotto gli occhi, agitata dal terrore che l'ombra potesse ritornare se si fosse riaddormentata. Per un attimo ebbe l'intenzione di chiamare suo zio, ma rinunciò perché le era sospetto tutto ciò che si trovava in quella casa. Suo padre forse, poteva telefonargli, ma poi per dirgli cosa, se non era sicura di niente? E lui o sua madre, in quella condizione, in che modo avrebbero potuto aiutarla? Era sola, doveva essere coraggiosa, si disse, ma intanto, in lei lottavano l'idea che davvero fosse stata umiliata e quella che si fosse solo trattato di un incubo. Fu tentata di cedere a quest'ultima, ma l'inquietudine non l'abbandonava, il respiro le gravava nel petto come durante le fughe dalla polizia impazzita, le sembrò che fossero ritornati per acciuffarla. Il ricordo del ragazzo l'aiutò, pensò al suo coraggio nell'affrontare il mitra puntato su di lui, non era fuggito, non era arretrato prima di cadere sotto i colpi. Sentì ancora quello sguardo su di sé, la sera prima che lo uccidessero, quando nello stadio dove erano accampati lui aveva fatto in modo di trovarsi insieme a lei nella fila per la doccia, poco più indietro, mentre dagli altoparlanti la voce di una ragazza passava informazioni logistiche e resoconti delle riunioni politiche. Ora, in quel giaciglio terribile dov'era distesa, le giunse, vago, il ricordo di ciò che fino ad allora era stato un rammarico, e cioè che lei avesse trovato il coraggio di ricambiare il suo sguardo e che poi, fissandosi negli occhi arrossati dalle troppe canne, si fossero tenuti per mano, un attimo solo, prima di essere separati dalla folla. «Perché?» doveva aver sussurrato lei, imbarazzata, e allora il ragazzo si era stretto nelle spalle, con una smorfia che ricordava bellissima. Era vero? Certo, come aveva fatto a dimenticarlo? Poteva sentire ancora quel contatto. Strinse il pugno come se si aggrappasse a un punto fermo dell'universo, ciò le diede forza, chiuse gli occhi e versò lacrime che caddero lente. Ora lui era divenuto Troilo, la prima vittima della guerra, Troilo, lo sventurato. La Storia aveva celebrato i suoi fratelli Ettore e Paride mentre era rimasta indifferente a lui, Troilo, la morte lo aveva insabbiato in un tumulo muto. Un brivido la attraversò al ricordo del seguito del racconto di Cassandra: Briseide, sposa di Troilo, all'indomani della sua morte, fu condotta nell'accampamento dei Greci, presso il padre Calcante, e per volontà di questi fu posta sotto la protezione di Achille, schiava dell'assassino che aveva versato il sangue del suo amato... Ecco qual era la Storia, ecco la traiettoria lungo cui correvano gli eventi. Nel silenzio mortale della casa, dove la notte indugiava, Beatrice giurò a sé stessa che avrebbe lottato. In quell'istante, dai domini dell'aurora, si levò, in una risata beffarda, il richiamo dell'upupa.

Quando Enzo uscì, sua nipote dormiva ancora, lasciò quindi a Marcello un bacio e un messaggio per lei "Conto su di te". Era sempre un piacere guidare la sua Bmw, ai ragazzi aveva lasciato la Panda compresa nell'affitto della casa, lui non avrebbe mai permesso a nessuno di mettere le mani sullo sterzo in teak e godersi la velocità attraverso il parabrezza. Il giorno prima si era informato sul tempo, il suo vate era un vecchio pescatore del paese che ormai passava le giornate a impigrire su una sedia nel ristorante dei figli. Levando un dito al cielo e biascicando in un italiano da preghiera, gli aveva rivelato che se il nuvolame non proveniva dal versante delle isole non c'erano da temere sorprese dal mare. E infatti, la giornata era tersa, chiara lungo tutto l'orizzonte, poteva starsene tranquillo per i ragazzi, contò anche di farcela a raggiungerli prima che la loro gita finisse. In meno di due ore sarebbe arrivato in città, aveva appuntamento con suo fratello Giovanni a Porta Romana, da lì avrebbero raggiunto insieme lo studio dello specialista. La sera prima, nel corso della telefonata che Enzo aveva dissimulato, era stato proprio Giovanni ad annunciargli di aver fissato un appuntamento con il medico prima che se ne andasse in vacanza. L'urgenza, aveva sottolineato, era data dal poter sentire subito il parere di un esperto sui risultati della biopsia e, nell'occasione, suo fratello lo avrebbe accompagnato per poi tornare insieme a lui al mare e fare una sorpresa alla figlia Beatrice. Malgrado Enzo aspettasse da giorni i risultati delle analisi, la notizia della visita lo aveva colto di sorpresa, era esploso d'un tratto in lui il timore di un esito infausto. Ma poi, la mattina, la fiducia aveva prevalso, riconducendolo alla sospensione di giudizio che gli veniva da una deliberata indifferenza. Sapeva di essere affetto da un cancro, ma era anche cosciente che alla sua età si trattava di un'eventualità prevedibile, aveva visto diverse persone venire fuori da interventi delicati e riprendere gradualmente la vita di sempre. Secondo lui non era questione di avercelo o meno, si trattava invece di sperare che venisse giù benigno, era il destino di intere schiere del suo tempo; forse un giorno, chissà, li avrebbero ricordati per questo. *Facili alla metastasi* pensò sorridendo, poteva essere il titolo di un romanzo generazionale del tipo di *On the road,* ne immaginò anche la trama, una serie di episodi in cui i protagonisti realizzavano che la loro non era una malattia ma il segno di un'epoca. Entrò in autostrada con questi pensieri, si sentiva benone e scommise di non dover temere niente, a parte qualche scocciatura terapeutica, era contento di poter correre un po' con la sua Bmw, se non altro aveva un motivo valido per toccare i duecento. La sua vita era stata tale da rendergli legittima una buona dose di disperazione, eppure lui, in quel frangente, si sentiva sereno. Solo il destino di Marcello lo preoccupava, privo del padre non avrebbe avuto futuro, non si sarebbe mai adattato in un istituto e nessuno in famiglia, anche volendo, sarebbe stato capace di occuparsi di lui per più di una settimana. Ma prima o poi uno dei due avrebbe abbandonato l'altro sparendo nel nulla, prima o poi il legame tra loro doveva recidersi e lasciare vuoto quello spazio affollato di strategie e accomodamenti. Per questo, a casa, in città, nel doppio fondo di un armadio, teneva nascosto un astuccio di cuoio con una coppia di siringhe e fiale di morfina per due dosi da un grammo e mezzo ciascuna. Erano l'esito di un colloquio in cui, scherzando sui fallimenti finanziari, aveva suggerito a un suo cliente, medico anestesista, di escogitare il modo più indolore per suicidarsi. Quando, poi, grazie a delle amicizie, si era procurato la morfina, lo aveva fatto con l'impressione che si trattasse, in realtà, solo di un vezzo megalomane, e che mai avrebbe avuto l'occasione di usarla. Tuttavia, l'idea che l'astuccio stesse lì, nel doppio fondo di un mobile, gli dava la sensazione di poter sfidare la vita e, magari, di avere coraggio.

Accese l'autoradio per sentire le ultime notizie, dovette attendere la fine degli spot e poi il segnale orario. Anche dalla voce degli speaker, pensò, si poteva percepire come ormai il servizio pubblico stesse cambiando in tutto il paese, il tono lento, da boiardi di consorterie, aveva ceduto il posto a quello, squillante, di nevrotici che scambiavano per competizione professionale l'odio del prossimo. Al solito, le violenze al raduno contro il neoliberismo costituivano il nucleo centrale delle notizie, un'interrogazione parlamentare chiedeva di far luce sulle responsabilità istituzionali, le vittime volevano giustizia e i nomi dei mandanti politici, governo e forze dell'ordine minimizzavano le loro responsabilità, giustificando il ricorso alla repressione da parte di alcuni funzionari che sembravano aver rispolverato i vecchi manuali dell'anticomunismo. Dalle testimonianze era appena emerso che il ragazzo assassinato aveva cercato di fuggire quando si era visto sotto tiro, si intendeva che se ciò fosse stato confermato dalle indagini, la posizione del poliziotto accusato si sarebbe aggravata, cadendo per lui la condizione di *grave pericolo di vita* che legittimava l'uso delle armi. Alla rubrica economica, Enzo spense la radio e, perplesso, si chiese se quella rivelazione avrebbe riguardato la vittima non solo in senso giuridico ma anche etico, se il tentativo di fuga poteva dissipare l'aura temeraria che fino ad allora la avvolgeva persino agli occhi dei suoi detrattori. Esistevano regole nella percezione dei fatti che, nelle moderne democrazie, pochi avrebbero avuto il coraggio di confessare ma che stavano alla base dei giudizi storici; ad esempio il modo in cui si cadeva e tutte le circostanze fisiche della morte in battaglia, nell'antichità avevano sempre dettato senza imbarazzo le prerogative per l'istituzione di un culto. Sospettò che, nell'immaginario dei manifestanti, il particolare della fuga poteva mutare in senso opposto il mito che si andava formando intorno al ragazzo, condizionando la volontà di definirlo un eroe o un martire. Questione di dettagli, pensò, intuendo che sia la banalità, sia il sacro, avevano, nell'estensione dei rispettivi domini, degli ordinamenti rigorosi, secondo i quali, a meno di manipolazioni, sarebbe stato impossibile ricavare *anima dignissima ex corpore vili.* Fu curioso di scoprire come l'avrebbe presa sua nipote Beatrice, ma adesso, avendo capito che non era più una bambina, si sarebbe guardato bene dal trasformare la cosa in una provocazione. Si rammaricò di aver mentito ai ragazzi sul motivo della propria partenza, del resto non c'era stata altra scelta, sarebbe stato assurdo spiegare loro la verità. Chissà se aveva fatto bene a lasciarli andare da soli, non tanto per Marcello, per il quale col tempo aveva imparato a essere meno apprensivo, quanto per ciò che ribolliva nell'animo di Beatrice. Si rispose che aveva fatto bene. Contava sulla nipote e, in particolare, sull'inevitabile superiorità intellettuale che lei dimostrava nei confronti di Vittorio, il quale, lavorato bene ai fianchi da stimoli adeguati, poteva ampliare la sua ristretta visione del mondo. In fondo, si trattava di un esperimento che lui stesso aveva sollecitato, rinnegando senza indugio i dogmi del passato che pure gli erano appartenuti. Aveva in un certo senso scommesso, con una parabola audace, sul potere egemonizzante di un'idea sull'altra nel momento in cui fossero messe a confronto. Comprendeva l'astio di Beatrice, alla sua età avrebbe provato lo stesso sentimento, ma, così com'era, lei avrebbe servito allo scopo di pungolare Vittorio per meglio disporlo a un influsso fatto di blandi suggerimenti e sottili insinuazioni. Già nel colloquio privato che avevano avuto dopo il litigio con Beatrice, la sua prima mossa era stata quella di schierarsi apparentemente dalla parte di Vittorio. Aveva annuito all'affermazione che lei fosse solo una ragazzina viziata e ad altre che pure riconosceva come luoghi comuni della faziosità. Poi aveva rincarato la dose parlandogli del ruolo che lui aveva assunto nei riguardi di Marcello, facendogli notare quanto fosse più importante di quello che sua nipote invece utilizzava per ricavarne qualche giorno di vacanza gratuita. Era arrivato all'astuta trovata di dirsi anche disposto, per risolvere la polemica, a chiedere a Beatrice di andare via, paventandogli però, da bravo avvocato, il rischio che in tal modo la relazione con Marcello ne avrebbe subìto delle conseguenze. Inoltre, puntando sulla sua fede cattolica, lo aveva richiamato all'esercizio della pietà verso coloro che (come si rammaricò per sé stesso) senza poterlo scegliere avevano ricevuto un'educazione laica che non gli consentiva di guardare oltre la dimensione concreta delle cose. Infine, aveva concluso che dietro l'avversione di una donna per un uomo, e questo ne era un esempio di cui fare tesoro, si celava sempre un desiderio inespresso che sarebbe stato stupido interpretare fermandosi alle apparenze. Quegli argomenti erano riusciti a toccare, grazie al loro tono amichevole e solidale, l'indole diffidente del giovane, agendo sulla sua alterigia e sulla sua affettività lacerata come il volante in teak sulle due ruote anteriori dell'automobile di lusso che adesso imboccava la curva del raccordo autostradale, diretta nel centro della grande città.

Quando suo zio la chiamò attraverso la porta chiusa, lei era già sveglia, ma non volle rispondere e attese che desistesse, credendola addormentata. Nella sua mente si era fatta largo un'idea fomentata dalla rabbia: l'immagine di Vittorio che la sera precedente parlava fitto fitto con Marcello. Le vennero in mente quelle espressioni dei maschi che lei conosceva bene, come tutte le ragazze, per essersi sentita apostrofare così, a scuola o in strada, al proprio passaggio. Il fascista, il nemico, doveva avere insinuato cose del genere nella mente limitata del cugino, sfruttando la sua aspirazione a non sentirsi inferiore agli altri. Eppure la divorava il rammarico di aver previsto che prima o poi Marcello sarebbe stato usato contro di lei, e se non avesse indugiato, se fosse stata più determinata o, come le ripeteva sua madre, avesse avuto più fiducia in sé stessa, non si sarebbe ritrovata con quella terribile sensazione addosso. Provava rabbia per l'ingenuità che le era costata cara, se solo si fosse resa conto di trovarsi in guerra, tanto per cominciare avrebbe chiuso a chiave la porta della camera. Anche molti ragazzi del raduno erano stati picchiati e arrestati dagli sbirri durante la notte, mentre dormivano, se solo avessero compreso di trovarsi nel cuore di una battaglia non si sarebbero lasciati sorprendere. Lei, come loro, aveva voluto dimenticare, si era creduta al sicuro sulla tela di un ragno che non aveva mai smesso di seguire la propria natura. Su di lei era stata esercitata una violenza subdola, forse per mano di una persona cara, ma con nessuna prova da parte sua tranne un pudore dell'anima che avrebbe fatto ridere qualunque giuria. Il ruolo di suo cugino in quella vicenda la tormentava, pur sospettando che si trattasse di plagio si chiedeva come avrebbe mai potuto perdonarlo. Gli sembrava che fosse scomparsa in lui la dolcezza della creatura indifesa, sostituita da un nugolo di pulsioni e desideri perversi, da insoddisfazioni viscerali e striscianti che quella notte, aizzate da un essere ancora più disgustoso, l'avevano spinto a venire da lei, mentre dormiva. Ecco cosa significava, si disse, essere fascista, non una visione politica ma una forma mentale, una modalità ipocrita, schizofrenica, camuffata dietro buone maniere e parole educate finché non aveva potere. Ricordò come Vittorio avesse pronunciato la parola "democratico" durante la sua arringa, quasi si trattasse di qualcosa a cui lui si era adeguato per forza e che le sbatteva in faccia col piglio di un ergastolano che reclama i meriti della sua buona condotta. Democratico, ecco cos'era per lui "democratico", plagiare un povero demente ad abusare di lei mentre dormiva, magari standosene fuori dalla porta in attesa che finisse. Sussurrare nelle sue orecchie parole oscene per farlo ridere di vergogna e poi tornarsene, facendo finta di niente, alle sue immersioni sportive. Era, invece, una specie di topo fetido la cui sola vista la faceva inorridire, ecco cos'era.

Adesso, bussando con accanimento alla porta, Marcello chiamava Beatrice con la sua voce sgraziata e, quando provò a entrare, lei si levò in piedi di scatto, pronta a difendersi. Ma la serratura era chiusa a chiave e Marcello tornò a chiamarla, così, per farlo smettere, lei rispose che si sarebbe alzata.

«È tardi» fece il ragazzo. «Enzo è partito, ti ha lasciato un messaggio».

«Sì, sì, adesso esco» si spazientì, ma l'altro era già lontano. Dopo poco, indossando i pantaloni con cui aveva dormito, Beatrice sgattaiolò in bagno; mentre faceva la doccia, strofinandosi accuratamente, provò quasi vergogna del suo pube, come fosse stato accondiscendente e complice dell'oltraggio. Avrebbe voluto rompere la faccia a tutti e due, vendicarsi, insolentita da quel modo banale e prevedibile di umiliare le ragazze attraverso il sesso. Comprese cosa intendesse Cassandra nel parlare della "terrificante voglia maschile", l'avessero picchiata sarebbe stato diverso, invece era costretta a difendersi dall'attacco subdolo che i maschi preferivano, da quel bestiale accanimento sul corpo femminile. Mentre si asciugava, pensò che non avrebbe dovuto commettere l'errore di assimilare Marcello a quel porco. "Non fare di tutta l'erba un fascio" ricordò a sé stessa, guardandosi allo specchio, con un ghigno amaro che la spaventò ma decisa ad andare fino in fondo. Ora non aveva più memoria di quando, la sera prima, si era accusata di essere poco determinata.

Entrando in soggiorno, trovò il cugino ad attenderla, era nervosa e impaurita, ma nel vederlo, stranamente, si quietò.

Marcello era già pronto, in un completino rosso con lo zainetto sulle spalle e il cappellino con la visiera di sbieco, le sorrideva come per farsi rimirare. Beatrice si intenerì, le sembrò di ritrovarsi davanti l'immagine del compagno d'infanzia e non quel mostro che si era dipinta fino ad allora.

«Papà ha detto: conto su di te» esordì Marcello

«Cosa?» fece lei, mentre un vortice di emozioni le agitava l'animo. Sistemandosi la visiera e poi incrociando le braccia, con fare comico, Marcello evidenziò l'insofferenza per la lunga attesa e per il fatto che lei si dimostrasse così indolente all'impegno di quella mattina.

«Papà ti ha lasciato un messaggio» sbuffò come una locomotiva arrancante. «Ha detto: conto su di te!».

Beatrice era sconcertata, la divorava il dubbio che potesse essere stato davvero lui a entrare nella sua camera o che invece si fosse sbagliata e avesse avuto solo un incubo. Eppure il suo cuore le diceva di sì, sentiva di essere stata masturbata, forse leccata, come l'asprezza del dormiveglia le aveva suggerito. Era un'intuizione radicata nel suo istinto femminile, così forte che nemmeno la mancanza di indizi riusciva a dissiparla. "Paranoia" pensò. "È questo?".

Non sapeva più a cosa credere, smarrita, si chiese dove fosse Vittorio e se poi non si trattasse di una sua messinscena, se mandarle suo cugino come un angioletto innocente non equivalesse alla ricerca di un alibi. Doveva fare luce, il dilemma le pesava come un macigno.

"Con calma" si disse. "Adesso agisci con calma".

Il cellulare la richiamò alla realtà, sul display lampeggiava *mamy*, fu costretta a rispondere, rintanandosi di nuovo in camera.

«Ciao amore» esordì sua madre. «Pare che tuo padre si aggiri da quelle parti, ne sai niente?».

«No» rispose, come se cadesse dalle nuvole. «Non ci sentiamo da...».

«Vorrà convincerti a seguirlo, non appena ha saputo dalla nonna che saresti venuta qui da me dev'essersi messo alla caccia».

«Io non ho mai detto che venivo da te, mamma». Beatrice non aveva alcuna intenzione di sorbirsi una delle sue tirate in quel momento. «Ci vediamo tutto l'anno e almeno d'estate lasciami fare a modo mio!».

«Infatti, era solo per richiamarlo alle sue responsabilità, amore. Fatti dare dei soldi se si fa vivo e non credergli se dice che non ne ha: ne ha! Ho saputo che hanno venduto la casa a Firenze e quindi... Non farti fregare, tesoro, quella casa era anche tua...».

Ci fu un istante di silenzio, veritiero e imbarazzante, tra loro due. La ragazza si rese conto che, malgrado tutto, aveva bisogno di una mano per risolvere quel dilemma, ma non sapeva da dove iniziare.

«Mamma» esordì, impacciata, cercando per una volta di fare la prima mossa. «Come faresti a capire se sei stata... amata da qualcuno?».

«Amata? Beh, l'amore è una questione delicata» rispose, gongolando del fatto che Beatrice cercasse in lei la soluzione a un'inquietudine. «Innanzitutto non è la passione, se ti riferisci a questo, dovrebbe durare un po' di più... con tuo padre per esempio...» stava per darsi a un perlage di chiacchiere autobiografiche.

«No, mamma, scusami, non importa» la interruppe, delusa, Beatrice. «Adesso devo lasciarti, mi stanno aspettando, dobbiamo uscire. Ti chiamo io».

Terminò la telefonata non solo per lo sconforto che sua madre avesse frainteso ciò che, d'altra parte, lei non avrebbe mai avuto il coraggio di spiegare, ma anche perché sul terrazzo era apparso Vittorio e con l'aria evidentemente spazientita.

Quella visione bastò ad annullare ogni dubbio sul modo di affrontare la situazione e sul come considerare ciò che forse le era accaduto quella notte. Tornò in camera e nel giro di pochi minuti ne uscì con ai piedi gli anfibi che si era portata al raduno, quando girava voce che sarebbero servite scarpe resistenti anche al fuoco. «Andiamo?» disse ai due che la guardavano in silenzio. «E scusate il ritardo» aggiunse, ormai diretta al cuore della battaglia.

In auto, seduta di dietro, sbirciava fuori dal finestrino. Aver incrociato per un attimo lo sguardo di Vittorio nel retrovisore l'aveva spinta a posizionarsi dalla parte di Marcello. Il sottile lezzo di sudore proveniente dai corpi dei due maschi le suscitò un senso di vergogna per la propria intimità, ebbe l'impressione di essere stata schernita piuttosto che violata, e il sospetto di questo affronto le accese un nuovo lampo di rabbia. Aveva davanti a sé la nuca vagamente brunita di suo cugino, la fissò mentre dondolava alle vibrazioni dell'auto e le parve un organismo separato dal resto del corpo, immaginò che se l'avesse colpita, sarebbe saltata via, lasciando un vuoto tra il cranio e le spalle. Sorrise a questo pensiero, quel monotono dondolio sul poggiatesta le ricordò che in fondo suo cugino era uno scemo, un mentecatto, uno dal quale non ci si poteva aspettare alcun discernimento. Neppure con la forza si sarebbe ricavato da lui un briciolo di assennatezza, ed era un'illusione tutto quello stargli intorno come se d'un tratto lui potesse prendere coscienza e fare qualcosa di... qualcosa di sinistra, ecco cosa! Sorrise ancora, ma temendo di essere scorta, che la credessero in preda a un delirio, chinò il capo. Lo risollevò quasi subito, in un'espressione seria, del resto non aveva nulla da nascondere, stava solo cercando di reagire al disagio di trovarsi lì. Quei pensieri venivano a distrarla dall'angoscia, se ne andavano in giro per la mente a raccattare sciocchezze, tutto qua. Due minuti dopo, senza accorgersene, si ritrovò a canticchiare "C'è forse vita sulla terra? C'è forse vita nella guerra?" una delle canzoni che durante il raduno Francesca suonava dal suo stereo portatile, mentre, distrutte dall'umidità della notte in tenda, facevano la fila mattutina ai bagni dello stadio. Francesca se lo tirava dietro, col volume al massimo e la sua cassetta preferita, erano versi di Pasolini e lei lo raccontava a tutti quelli che la guardavano incuriositi, non la smetteva mai di chiacchierare.

Da quando erano partiti, quei due davanti non avevano detto una parola, ecco un fatto strano! Marcello taciturno le parve una novità, qualcosa che non quadrava. Però a sentirla canticchiare si era voltato e le aveva sorriso, "Uccellino in gabbia" Beatrice avrebbe voluto dirgli, "canta per rabbia" ma invece fece finta di guardare il paesaggio, finché l'altro non tornò a girarsi. "Un proverbio per loro due, quale sarebbe?" si chiese. Se ne ricordò uno letto da un libro di racconti pellerossa. "Puoi nascondere il fuoco, ma col fumo come farai?". Già, doveva tenersi pronta, era sicura che qualcosa li avrebbe traditi, se c'era da tradirsi. Questa riflessione la quietò, avrebbe saputo la verità, senza dubbio l'avrebbe saputa, ora stava a lei giocare, aveva indugiato anche troppo, ma adesso era il suo turno. Quando l'auto svoltò per lo sterrato, Beatrice si convinse che questa volta sarebbe stata all'altezza della situazione.

Seguendo le indicazioni di Enzo era stato facilissimo arrivare fin là, Vittorio parcheggiò in una piccola radura, di fianco a un camper che sul retro aveva l'adesivo segnaletico della Germania, di quelli che si usavano ai tempi della Cee. Già dal mattino aveva avuto poca voglia di parlare, si era detto che quella gita era una specie di dovere e come tale lo avrebbe svolto, fino in fondo, ma niente di più. Gli toccava avere a che fare con la ragazza, perciò avrebbe centellinato le parole, l'avrebbe lasciata fare, non voleva problemi e non aveva tempo da perdere in inutili questioni con persone che non gli interessavano. Ancora venti giorni e quell'incarico sarebbe terminato, assolto il compito ricevuto avrebbe accompagnato sua madre per qualche giorno a Fregene, i soldi che Enzo gli aveva promesso sarebbero bastati per la vacanza a tariffa di bassa stagione. Ormai lo considerava un datore di lavoro e lo rispettava perché era una persona onesta e in gamba, anche se all'inizio aveva temuto che Enzo fosse omosessuale. Per lui, uno che in tanti anni non si era risposato e nemmeno aveva preso una donna in casa, era sempre un po'... sospetto. Poi, quando avevano avuto occasione di parlarne, gli aveva fatto intendere che invece con le donne se la spassava, ma non voleva impegni, tutto qua. «Vuoi far mangiare una persona gratis? Sposala» aveva risposto. Purtroppo gli era capitato un figlio disabile, sfigaccia nera, sennò avrebbe scompigliato mezza repubblica, coi soldi che si ritrovava, le donne gli dovevano ancora battere i pezzi. Era anche un bell'uomo, un fisico prestante con i segni di una giovinezza sportiva, pochi accumuli adiposi, un metabolismo veloce, la linea addominale e i pettorali che si erano mantenuti compatti. E soprattutto era uno che aveva cuore, che sapeva trattare con le persone, mica ottuso come la sua nipote fighetta, quella invece andava bene per l'acqua cotta, niente di più. "Meglio starsene fermi con i serpenti, diceva mio padre. E poi, in fondo è lavoro" sorrise tra sé. "Solo che ne dovrò assistere due al costo di uno, tutto qua".

Uscirono dall'auto, una folta schiera di lecci oltre la radura segnava il ciglio ripido del promontorio, lì davanti, di traverso a una piazzola panoramica, l'imbocco di un sentiero tagliava verso l'interno per poi discendere lungo la parete di roccia. Marcello, eccitato, subito trascinò gli altri due verso la spalletta di legno da cui si scorgeva il mare, una quarantina di metri più sotto. Si trovavano su una punta battuta dal vento che in basso si sgretolava in una linea di sabbia e in diffuse e brevi scogliere. Sulla parte sinistra, al limite del sottile arenile, due ali rocciose avanzavano di sghembo nel mare, formando una caletta aperta verso il sottocosta. Questo ridosso era stato rafforzato da una barriera artificiale di scogli che, partendo dalla spiaggia, lo fronteggiava fino a superarlo. Dall'alto appariva come un luogo suggestivo per la chiarezza delle acque e per la ventosità che i gabbiani sfruttavano nelle loro ascensioni, Marcello indicava i vari punti in basso. «Guarda! Guarda!» gridava euforico, con il dito puntato di volta in volta in una direzione. Infine, con uno scatto ordinò «Andiamo!» e balzò verso il sentiero, imboccando la discesa mentre i due restavano per qualche secondo a guardarlo, ammutoliti dal disagio reciproco. Pigramente, Vittorio raccolse la borsa di tela con l'attrezzatura per le immersioni e si incamminò dietro al ragazzo, lo stesso fece poi Beatrice con il solo peso dei suoi grossi anfibi. In discesa, dove il percorso diventava più ripido, traversine e sponde di legno ne puntellavano l'alveo a creare dei gradini di sterrato. Marcello si preoccupava di avvisare o indicare dietro di sé ogni volta che si presentavano delle asperità o delle piccole insidie. Sembrava una guida di montagna e infatti si voltava con ampi e ironici sorrisi che diventavano risate sarcastiche se Beatrice o Vittorio inciampavano o si dimostravano in difficoltà. In una quindicina di minuti giunsero sulla spiaggia di finissima rena, qui un vento caldo soffiava più forte che in cima, dal mare agitato ogni tanto, portati dalle raffiche, gli spruzzi valicavano la sparsa barriera di scogli. Tra questi e la riva, in un lembo d'acqua più calma dove la risacca filtrava tra i fianchi delle rocce, un uomo panciuto e una giovane donna facevano il bagno, in silenzio, come assorbiti dal piacere di quelle abluzioni. Vittorio li osservò, immaginando che fossero i proprietari del camper, rifletté sui tedeschi che girano il mondo e si chiese se avessero l'attrezzatura per le immersioni e se magari lo avrebbero accompagnato nell'escursione subacquea. Beatrice invece volgeva il profilo al vento, lasciandosi scarmigliare i capelli, desiderava che gli elementi irrompessero nel suo turbamento per dissiparlo. Un urlo di Marcello attirò la loro attenzione, il ragazzo stava sul lato più sottovento della spiaggia, dove la barriera di scogli si allungava nel mare fino al ridosso. Quando lo raggiunsero, egli li guidò, frenetico, lungo la scogliera che si inoltrava in mare per una cinquantina di metri, spazzata a ponente dalle onde mentre a levante fiancheggiava l'alto paravento roccioso. Evitando gli spruzzi, i tre avanzarono tenendosi sul lato interno, ogni tanto levando lo sguardo alle falesie maestose che affondavano in mare e ai gabbiani che si libravano lungo le correnti ascensionali. Con Marcello alla testa, giunsero dove il promontorio iniziava a curvare verso l'estesa baia del sottocosta, là si trovarono davanti allo specchio d'acqua che offriva riparo alle imbarcazioni durante le tempeste. Apparve loro come una conca profonda, nella cui ombreggiata quiete un ragazzo nuotava, esitando un attimo non appena si accorse dei nuovi venuti, ma poi proseguendo nelle sue armoniose bracciate. Beatrice suppose che fosse insieme ai due che avevano appena incontrato, fermò il passo nel timore di turbare quell'idillio che nemmeno i marosi raggiungevano, sebbene spazzassero rabbiosi il costone esterno della barriera. D'un tratto, le voci di Marcello e Vittorio infransero il silenzio, ma lei continuò a tacere, indifferente ai richiami del cugino che la esortava a fare il bagno insieme. Accaldati com'erano, sarebbe stato naturale spogliarsi degli indumenti e immergersi, al riparo dal mare aperto, tra quei flutti trepidanti di raggi solari che illuminavano il fondale di sabbia chiara. Beatrice, invece, esitò, malgrado volesse svestirsi e lasciarsi andare, incantata dal luogo in cui le sembrava di essere stata attesa dal nuotatore silenzioso che invitava nell'acqua cilestrina. Il suo sguardo indugiava su quel corpo atletico che si espandeva per poi raccogliersi nella tensione dello slancio, ne scorgeva la muscolatura levigata e forte del dorso al lavoro, dei tricipiti che affioravano spostando acqua. Si stupì di non aver compreso subito che la figura di Troilo tornava ad affacciarsi alla sua mente, un istintivo rimando da quel giovane che solcava la superficie del mare, all'altro che, sottratto alla vita, riappariva nella sua immaginazione. Sebbene sentisse l'impulso di raggiungere quella figura evocatrice nello specchio d'acqua limpida, esitò a scivolarvi dentro. Si rammaricava per i due intrusi che le stavano a fianco, per la loro presenza offensiva e allo stesso tempo concreta, eccessivamente concreta, che violava lo spazio del suo trasognamento. Marcello, svestito ma con indosso ancora le scarpe di gomma, le prese la mano, traendola verso il bordo, lei si schermì, con un'esclamazione dura, fissandolo turbata anche mentre il ragazzo provava a sdrammatizzare con una risata. In breve suo cugino capì e si volse a sollecitare Vittorio che già aveva estratto la maschera bioculare dalla borsa al suo fianco e si accingeva a tirare fuori le pinne e il resto. All'improvviso, Beatrice realizzò che, immergendosi, il nemico avrebbe contaminato qualcosa di così nobile da risultare inaccessibile anche a lei, pur intuendo che sperare che si trattenesse dal farlo sarebbe equivalso a chiedergli di non essere chi invece era. Non più di mare ma d'acqua dolce le apparve quel luogo, d'un tratto credette di trovarsi sulle rive dello Scamandro, il fiume sacro alla dea Cibele sotto i cui frondosi salici Cassandra, insieme alle altre sorelle, trovava riparo dalla guerra e dal potere, e lei ne percepì tutta la purezza minacciata dalla bestia. Così, sfilandosi in fretta gli anfibi, fu presa dalla foga di immergersi prima degli altri due, di segnare quel territorio marino e impedire che il veleno discendesse lì dentro attraverso il corpo del nemico. Sorpresi dalla sua tempestività, Marcello e Vittorio si ritrassero agli schizzi del suo tuffo affrettato e poi l'osservarono distanziare, a larghe bracciate, la barriera rocciosa su cui rimasero. Suo cugino gettò allora un grido d'eccitazione e provò a seguirla nello slancio, si fece avanti ma poi, impaurito da quel salto tra scogli e mare, si arrestò, gemendo e ridendo allo stesso tempo. Vittorio, invece, scrollando il capo, ritornò a occuparsi della sua attrezzatura subacquea, la dispose su una roccia ampia per indossarla una volta disceso in acqua. Ma i suoi gesti erano tesi, la ragazza l'aveva innervosito e lui ne biasimò la stupidità, si chiese chi tra lei e il cugino fosse il vero mentecatto, poiché ai suoi occhi l'unica differenza risiedeva nei loro ormoni sessuali. A quel punto, l'intera superficie non lo interessava più di un solo centimetro di fondale, voleva scendere lì sotto, pinneggiare lungo le rocce sommerse dove avrebbe finalmente interrotto ogni contatto con gli altri due. Aveva già intuito che la profondità arrivava a circa otto metri dove la sabbia era sgombra di sedimenti, la zona pareva interessante per un'escursione in apnea e si rammaricò di non disporre di bombole d'aria con cui rimanere tutto il tempo in autonomia. Arrivò a immaginarsi lì con un barchino di appoggio mentre faceva la posta a una cernia. Quella sì, sarebbe stata la felicità, a non dover sopportare le bizze di una troietta comunista! Da quando era arrivata gli aveva creato solo problemi, con quell'aria da fighetta con la puzza al naso era lei la prepotente, lei l'antidemocratica che non accettava le sue idee. Cosa ne sapeva della vita? Mica doveva darsi da fare per riempirsi la pancia, ne aveva di tempo da perdere, a lei ci avrebbero pensato mamma e papà lasciandola a divertirsi con gli amici, a sfondarsi di canne e a godersi la globalizzazione che poi voleva contestare. Avevano fatto bene i poliziotti a dargli una lezione... e vaffanculo!

L'urlo di Beatrice lo raggiunse dall'altra parte della conca, non si allarmò subito, forse perché ne aveva abbastanza di tutta quella situazione impiegò qualche secondo a reagire, prima di voltarsi dovette udire il gorgheggio della risacca tra le rocce che seguiva a una raffica secca e tesa. Quando lo fece, quando voltò la testa in modo obliquo rispetto al sole all'orizzonte, si accorse che Marcello non era più dove si trovava pochi istanti prima. Non ebbe bisogno di capire cos'era accaduto, notò che i suoi vestiti giacevano in due dita d'acqua, sopra lo scoglio su cui li aveva lasciati, e fece in tempo a scorgere la coda dell'onda grossa che si ritirava dopo aver trascinato via il ragazzo senza lasciargli il tempo di gridare. Ebbe un groppo alla gola, le urla di Beatrice gli bruciavano nelle orecchie e, in lontananza, lungo la spiaggia, vide i due tedeschi in piedi, agitati, mentre lui teneva ancora la maschera in mano come un giocattolo rotto. Con uno scatto improvviso si scrollò di dosso lo stupore, saltò sulle rocce urlando il nome del ragazzo più volte, ma ne ebbe in risposta solo il guizzo del suo berretto rosso ormai preda dei flutti. Si tuffò, rapido, nel versante agitato del mare e, nel farlo, avvertì dietro di sé una presenza trafelata, forse del giovane che nuotava poco prima nella conca. Ma fu un'impressione fugace, poi la massa d'acqua lo inghiottì nel proprio boato e il suo corpo venne rivoltato come una pallina di gomma, realizzando subito di aver sbagliato il modo e il tempo per immergersi. Reagì all'impeto della corrente slanciandosi di lato, in modo da riprendere il controllo e passare sotto la radice della sferzata, ma un nuovo colpo, questa volta dal di sotto, composto da miriadi di elementi gassosi che risalivano in superficie, lo attanagliò e lo inghiottì in un altro vortice. Nel contempo, avvertì in petto un'intensa fitta che si prolungò fino alle braccia, tra bolle d'aria che gli fuggivano intorno mentre la mente stessa veniva rapita, come sprofondasse in una falla aperta giù nell'ipotalamo. "Idrocuzione", la parola si stagliò al di sopra dei pensieri, la voce era del suo istruttore di immersione mentre elencava i rischi dell'apnea. "Hai sbagliato" lo ammonì ancora la voce e poi non udì più nulla.

Poco dopo, Mike, il giovane tedesco, teneva la testa dell'annegato al di sopra delle onde con un'impeccabile presa di salvataggio. Per il mare agitato il suo fisico ben allenato risultò essere un osso duro, da appena dieci giorni aveva concluso la sua stagione sportiva di nuotatore, classificato tra i primi venti ai campionati universitari regionali di categoria. Quando Vittorio si era tuffato, lui si trovava già sugli scogli, alla vista dell'incidente di Marcello aveva attraversato senza indugio la conca d'acqua e si era precipitato a soccorrerlo. Mike si era immerso con prontezza, scendendo in profondità per non farsi travolgere dai marosi, conscio di dover intraprendere una lotta contro il tempo. Scivolando con brevi bracciate laggiù, nella corrente meno impetuosa, individuò davanti a sé, a mezz'acqua, il corpo che rotolava tra le ondate. Dai suoi movimenti disordinati, aveva dedotto che fosse privo di sensi e si era precipitato per spingerlo a galla, quando lo afferrò saldamente per le ascelle, gli parve di disincagliare un carrello lungo delle rotaie liquide. Una volta emerso, constatò che almeno una ventina di metri lo separavano dalla barriera di scogli, dove il padre e la sorella si sbracciavano e urlavano insieme alla ragazza italiana. Forse per l'eccitazione o per fare loro eco, gridò a denti stretti «Ich hab' ihn!». Come incitato dal pubblico durante una gara, iniziò a nuotare col solo braccio sinistro, l'altro essendo impegnato a sostenere il corpo del giovane, mentre le gambe stabilizzavano l'avanzata con scatti ritmati. Doveva vedersela da solo ma disponeva di una solida preparazione tecnica, la forza del mare, pur sospingendolo, deviava sottovento la sua traiettoria, per cui ogni tanto era costretto a rimettersi in rotta per evitare di finire oltre l'approdo, nell'aperta baia. Le ondate lo assalivano alle spalle ed era come se il mare gli contendesse il corpo del ragazzo, ma ciò sortiva l'effetto di rafforzare la sua determinazione a salvarlo. Qualche giorno prima, durante il raduno di protesta contro i potenti del mondo, aveva provato una sensazione del genere quando la polizia italiana si era messa a massacrare di botte i manifestanti. Dopo aver patito il dolore delle manganellate, Mike aveva deciso di tirarsi in faccia una bandana e di reagire, aggregandosi a un gruppo del blocco nero i cui membri erano lì per il riot. La loro furia aveva colpito i simboli del benessere sociale, a lui era sembrato di condurre un attacco ai contenuti degli spot pubblicitari ma, a differenza di altri, per estremo disprezzo, dai negozi assaltati non aveva preso nulla. In seguito, si era chiesto se tra i compagni di ventura ci fosse stato anche il ragazzo che poche ore dopo sarebbe stato ucciso dalla polizia. Non ne aveva la certezza, ma quel sospetto gli suggeriva che il caso avesse colto nel mucchio, a pochi metri da lui. Sua sorella gli aveva urlato che, coprendosi il volto, avrebbe fatto il gioco dei poliziotti, i quali avevano tutto l'interesse a criminalizzare la loro protesta. Ma lui non si era lasciato convincere, non poteva più limitarsi a slogan e striscioni, e l'aveva accusata di voler solo tornarsene a casa con i gadget e i racconti del "c'ero anch'io". In quegli istanti, Mike non aveva sentito alcun bisogno di una strategia, si era trattato di rispondere al sopruso e all'ingiustizia limitando i danni, contrattaccando, ognuno per sé e per quanto potesse. Era stato un impulso all'azione, il rifiuto di starsene lì a guardare, esattamente lo stesso che poco prima lo aveva spinto a tuffarsi per salvare il ragazzo. E infatti, ora, annaspando, coi muscoli che gli bruciavano per lo sforzo, Mike agiva. Neppure per un attimo fu sfiorato dal dubbio che quello che stava trascinando potesse essere già un cadavere.

Dalla scogliera, quando li vide emergere, Beatrice immaginò subito che suo cugino fosse svenuto, incerta invece sull'identità del soccorritore finquando non lo sentì gridare in tedesco per risposta all'uomo e alla ragazza che le stavano a fianco. Non fece caso all'assenza di Vittorio, e ciò fu più che naturale, poiché lo disprezzava e allo stesso tempo lo riteneva un subacqueo esperto; inoltre, in lei predominava l'apprensione per il cugino dopo che il suo tonfo in acqua aveva dissolto il rancore che provava per lui. Il corpo le tremava, non era paura ma un vibrante senso di colpa, avrebbe voluto riportare tutto allo stadio di partenza e rimediare al modo in cui si era comportata. Un semplice sospetto, una sensazione più prossima al sogno che alla realtà, erano bastati a farle odiare Marcello e a sottrarlo a quella premura che avrebbe evitato l'incidente. Adesso, le urla, che non comprendeva, della ragazza tedesca al suo fianco le trafiggevano le orecchie come spade, iniettandole un veleno dentro. Avrebbe voluto dirle di smettere ma era al di là delle proprie forze, fu per questo, per porre fine a quel tormento, che d'un tratto si tuffò in mare. Il gesto non era frutto di una scelta ma di una reazione repentina, riuscì solo a sussurrare un ridicolo «I go!» accorgendosi a stento del tedesco corpulento che, ormai in ritardo, scattava per cercare di trattenerla. Cadde in acqua e riaprì gli occhi al di sotto del rombo delle onde, percepì dietro di sé la mole delle rocce che subivano l'assalto del mare. Cercò di scattare verso il punto dove pensava si trovassero i due ragazzi, ma la scarsa riserva d'aria la costrinse a emergere prima, impattando in un'ondata violenta. Ruotò su sé stessa e venne respinta di sotto, si avvilì ma poi cercò di riguadagnare il controllo del corpo e la superficie. Affiorando, subì una nuova carica che la spedì a fondo, la fame di ossigeno però la costrinse a inalare una miscela di aria e acqua nella trachea. Fu come se il petto ardesse in un ghiaccio fulmineo, un dolore carico d'angoscia la trasformò in un animale inferocito che provasse a liberarsi dalle maglie di una rete. Nella sola forza della rabbia, volse gli occhi alla luce della superficie e la raggiunse con un guizzo che la fortuna o l'istinto conclusero in una torsione, grazie alla quale emerse spalle alle onde. Riuscì a trovare aria, pura aria nel cavo del mare infuriato, tossendo in un assalto di conati liberatori. Il sangue pulsò in tutto il corpo mentre l'ossigeno bruciante andava a riempire i polmoni, le tempie si espansero e infine la dolorosa felicità del respiro corse per ogni centimetro dei suoi tessuti. Impiegò qualche secondo a riprendersi, le urla in lingua tedesca si disgiunsero via via dal fragore intorno e, per un istante, ebbe l'impressione di trovarsi nuovamente tra la folla in fuga dalle cariche di polizia. “Perché” si chiese. “Perché stiamo fuggendo? Non abbiamo fatto niente di male. Perché fuggiamo?”. Ma il suo corpo era come un turacciolo tra i flutti, e quando l'onda successiva le schioccò con rabbia nei timpani capì che doveva fuggire dal dolore. Davanti a lei, oltre la linea di galleggiamento, apparvero l'uomo e la ragazza in piedi sulle rocce, seguendo la direzione del loro clamore, scorse a pochi metri Mike che continuava ad avvicinarsi alla terraferma col suo carico a fior d'acqua. Intuì qualcosa di amaro in quella scena ma, senza cercare di metterla a fuoco, nuotò verso i due ragazzi. Quando li raggiunse, Mike sollevò la testa per un attimo, la sua espressione era livida e ogni muscolo contratto, un fremito leggero delle labbra lasciò intuire il suo sforzo disperato e il bisogno di tregua che Beatrice era troppo sconvolta per cogliere. La sua attenzione era tutta per quel corpo esanime tenuto a galla dall'abbraccio del nuotatore. Dall'ampiezza delle spalle e dalla chioma scura che affiorava intorno alla testa, Beatrice si avvide che non si trattava di Marcello. Un brivido e, mentre il destino di suo cugino le si palesava nella mente, levò il capo al cielo in un grido straziante. Come una compagna di furia, la ragazza tedesca le fece eco dagli scogli, e scalpitò, girando su sé stessa, quasi lapidata da pietre invisibili, mentre vibrava di lacerante, femmineo dolore. Mike non si lasciò turbare, proseguì passando il braccio libero in avanti, tra i flutti agitati, null'altro accettando che la resa alla terraferma e alla salvezza. Aveva compreso il motivo della disperazione della ragazza, ma, alle urla di quella, il suo maschio egoismo e la sua risolutezza si avvinsero, lasciandosela dietro un attimo dopo. Spinto dalla mareggiata verso la costa, ormai a pochi metri dall'approdo, Mike si domandò se il ragazzo che trainava si sarebbe risvegliato. Il tempo, il tempo che scorreva veloce, attraversando anche l'impeto delle onde, gli apparve come il vero nemico, invisibile e forse invincibile, che teneva in mano i fili delle possibilità, mentre li recideva attimo per attimo. Ma per quanto ciò lo spronasse a uno sforzo ulteriore, non riuscì a trovare un'energia che non fosse già in gioco nei suoi muscoli, e l'unico risultato fu un moto di disperazione che la sua abitudine all'agone e alla lotta scacciarono via.

Fuori dallo studio medico, mentre la città era avvolta da

una cappa di calore, Enzo ripensò con nostalgia alla frescura della casa al mare, riparandosi con l'immaginazione tra le sue mura dalla tempesta di emozioni scoppiatagli nell'animo. Era in attesa da pochi minuti, quando lo raggiunse il fratello Giovanni che, con fare energico, lo prese per un gomito proponendogli di bere un caffè. Camminando, con allegria gli confessò di essersi trattenuto con il suo amico medico perché questo era da poco divenuto l'amante di una donna con cui lui, in passato, aveva avuto una relazione. I due si erano fatti alcune confidenze e, sebbene lo stimasse come professionista serio, Giovanni lo biasimò per la sua inettitudine nella vita privata. Il tutto venne colorito con il particolare esecrabile che l'uomo, ai tempi dall'università, era stato un fervido militante di sinistra, mentre oggi si era fatto acclamatore della destra populista con tanto di tessera e tentazione alla candidatura regionale. Enzo annuiva, ma dentro di sé aveva già realizzato che tutte quelle chiacchiere fossero dei diversivi a ciò che lo riguardava e di cui, per adesso, suo fratello aveva deciso di non parlare.

Presero il caffè, di quegli espressi bruciacchiati a causa della grossolana macinazione, lo bevvero mentre alle loro spalle la tv del bar trasmetteva un talk show che la cassiera seguiva con occhi assonnati. Giovanni schioccò le labbra dopo l'ultimo sorso e poi esclamò «A cosa pensi?». Enzo capì subito che era un modo per iniziare quel grave discorso intorno alla diagnosi medica e fu tentato di stare a guardare come se la sarebbe cavata. «Ti senti tranquillo?» aggiunse, mettendogli una mano sulla spalla con una risolutezza che lo seccò. Lui annuì, abbozzando un sorriso che quasi si mutò in un ghigno sul volto pallido per il caldo e per l'abbronzatura troppo leggera. Avrebbe preferito non parlare della malattia, non subito dopo la tediosa visita dello specialista che, col suo attrezzo metallico, gli aveva sondato gli orifizi nasali e uditivi alla ricerca della neoplasia. Voleva sottrarsi alla conversazione che il fratello, compunto, impostava come se lui fosse già da commiserare. Gli sembrò che la condanna consisteva già di queste piccole cose, del modo in cui lo avrebbero guardato i parenti e poi via via anche gli altri. Presagì l'assedio delle loro buone intenzioni, dei silenzi di cordoglio e di solidarietà che lo avrebbero dato per spacciato al solo scopo di mostrargli benevolenza. In definitiva, a lui non fregava niente di ciò che il medico aveva detto! Per quanto serio, chiaro, molto professionale gli fosse apparso, aveva dovuto trattenersi spesso dal ridere mentre quello lo guardava negli occhi, da uomo a uomo, e scandiva dei paroloni difficili che poi traduceva "in soldoni". Anche lì, di fronte al fratello, con cui in passato aveva avuto continui scontri, saggiandone l'avarizia, l'egoismo e la vanità, Enzo ebbe voglia di scoppiare in una maledetta, grottesca risata. «Un'intervento delicato» aveva detto lo specialista. «Al più presto. Ma non perdo la speranza di un risultato inatteso» e a quel punto anche lui gli aveva allungato una mano sulla spalla, facendogli venire in mente il cane di una sua vecchia fidanzata che aveva l'abitudine di mettergli le zampe sul torace in segno di amicizia. La verità era che lui sapeva bene cosa significasse *melanoma*, i libri consultati dopo avere spedito i ragazzi al mare erano stati chiari, era venuto qui in città con l'unica certezza che, se quella parola fosse comparsa nell'esito della biopsia, per lui c'erano ben poche speranze. Apprendere di avere un melanoma alla sua età era come per un capostazione la notizia che il più veloce dei treni stesse puntando dritto contro la sala d'attesa gremita di gente. A quel punto, l'unica era di mettere giù la cornetta e attendere l'inevitabile disastro, e lui non aveva nessuna intenzione di tenersi il telefono stretto in pugno per tutta la durata dell'agonia, anche perché da sempre era stato convinto che dall'altra parte del filo non ci potesse essere nulla di significativo, figuriamoci un Dio. Enzo aveva voluto essere ottimista, sin troppo, aspettandosi che un piccolo intervento chirurgico sarebbe bastato a rimuovere il tumore, invece eccolo già arrivato alla tac per verificare se il male si fosse diffuso nel resto del corpo. A questo punto, un intervento immediato e radicale aveva percentuali bassissime di riuscita, quasi nulle. Il medico si era profuso in spiegazioni sul modo in cui avrebbe cercato di sconfiggere il male, col piglio di un allenatore che esponga le tattiche per vincere il prossimo campionato, e sentirne le parole era stato per lui come rileggere quel piccolo trattato sulla neoangiogenesi. L'unica differenza stava nel fatto che quelle pagine concludevano che intervenire sulla neoangiogenesi, sulla rete sanguigna che le cellule tumorali erigono per il proprio sostentamento, era come far saltare in aria il sole per ottenere un po' d'ombra. Giovanni continuava a parlargli, usando metafore e circonlocuzioni per non essere troppo esplicito di fronte al barista che tendeva ogni tanto le orecchie, ma lui vedeva solo il movimento delle sue labbra e gli pareva che i suoni che ne fuoriuscivano fossero quelli della tv accesa nella sala adiacente. Era tutta una recita ai suoi occhi, come quella degli ospiti televisivi sullo schermo alle loro spalle, una recita astuta che dava il massimo in presenza di una vittima della cui morte imputare qualcuno che non doveva difendersi, e nessuno meglio della vita stessa accettava questa accusa senza diritto di replica. Mentre suo fratello parlava, con tono a tratti sommesso e poi guizzante di ottimismo, Enzo avrebbe voluto ricordargli tutti gli avvenimenti in cui si erano affrontati come nemici, non per rimproverarlo ma perché comprendeva che una situazione come quella che stavano vivendo offriva un'intimità in grado di giustificare anni di ignominie tra fratello e fratello. Avrebbe voluto gridargli, ora che sapeva di non poter sopravvivere alla sua malattia, che a lui non importava niente e che quindi la smettesse di sforzarsi di risollevarlo da quell'angoscia in cui non aveva alcuna intenzione di cadere, dal momento che sarebbe andato giù al tappeto senza nemmeno bisogno del secondo che gettasse la spugna per lui. La sua cordiale premura non lo avrebbe distolto dall'idea che la famiglia fosse un intreccio di complicati ricatti che ognuno imparava a esercitare dalla nascita, e in cui una sola ora di grazia poteva legittimare anni di angherie e di soprusi. Si ricordava, Giovanni, di quando durante la malattia di sua moglie e nel calvario che aveva preceduto la sua morte mai aveva potuto contare su di lui? Oppure di tutte le manovre che aveva messo in atto per indurre i loro genitori a tagliare le spese per lui che era in difficoltà, nel timore che alla fine avrebbero intaccato l'eredità familiare? O di quando aveva approfittato della sua depressione per convincerlo a svendere la casa tanto amata dalla moglie e che il figlio ancora ricordava con nostalgia? E di altrettante meschinità, poi, avrebbe potuto fregiarsi anche Enzo, finendo per uscire da quel bar senza darsi mai le spalle e pagando per proprio conto quei caffè che sapevano di bruciato. Un brivido gli contrasse la mascella e l'altro lo prese per un moto di disperazione a cui avrebbe voluto dare conforto, ma invece era quel ghigno represso che ritornava a sbeffeggiare il meccanismo con cui il ricatto tra gli esseri aveva creato le proprie istituzioni nel mondo. Sì, pensò, ogni istituzione è il simbolo del ricatto alla solidarietà che commuove la specie umana, anni di angherie in cambio di un istante di compassione, mentre invece si dovrebbe amare senza alcuna ragione, lontano da qualunque obbligo, in assenza di qualsivoglia calcolo. Eppure, Enzo non riusciva ad accettare del tutto questa conclusione. Al di sotto del disincanto per la solidarietà, si combattevano sentimenti di scoramento e di audacia, sicché quel ghigno non aveva abbastanza forza per venire alla luce. Straziato, cercò quindi di ricorrere a un pensiero triste che spazzasse via dalle sue labbra l'esplosione grottesca. Con una mano sulla bocca, biascicò a stento che aveva bisogno di andare in bagno e, lasciando lì il fratello, si inoltrò nella sala, mentre l'altro lo osservava impietosito. Avvertiva degli spasimi al petto, sempre la risata che cercava sfogo, indifferente alle immagini della morte di sua moglie e di quella dei suoi genitori. Ebbe un cedimento solo di fronte al pensiero della sofferenza del figlio, quando la sua mano toccò la porta del bagno. Rivide tutti i ricordi che riguardavano Marcello e gli parve che fosse l'unica persona seria che avesse mai conosciuto. Gli tornarono alla mente le tante visite con lui nella comunità dove altri corpi come il suo erano inchiodati alla sofferenza, uomini e donne di ogni età, di differenti sindromi e tragedie, e fu certo, fu certissimo, che ciò che li accomunava tutti era una profonda serietà del vivere. «Ecco perché esistono gli handicappati» sussurrò, tirando a sé la maniglia. «Perché la vita è una cosa seria». Nel piccolo vestibolo odoroso di disinfettante, mentre ancora si tratteneva la mano sulla bocca, Enzo si vide allo specchio l'escrescenza nera dietro il lobo dell'orecchio destro. Poi, sussultando nel ventre, allorché la porta si serrava sotto la spinta del braccetto a pressione, trovò infine il coraggio di aprire le labbra e di ridere mentre piangeva.

Erano passati poco più di due minuti dal tuffo avventato di Vittorio, Mike giunse finalmente alla barriera di scogli dove suo padre e sua sorella si erano già preparati ad accoglierlo. A causa dei violenti frangenti, la ragazza era discesa fino al gradinamento più basso, per aiutare suo fratello, ormai sfiancato, a poggiare il corpo esanime del ragazzo su una roccia inclinata. Con uno sforzo strenuo, lei e suo padre riuscirono poi a issarlo sul versante riparato, mentre Mike, i gomiti poggiati su un lembo muschioso di roccia, rimase in acqua a riprendere fiato. Suo padre Chris incitava a fare in fretta, l'annegato appariva ormai cianotico e ogni istante poteva significare la morte o danni cerebrali irreparabili. Dopo avergli posto tre dita sulla carotide, Chris valutò rapidamente che occorreva eseguire al più presto una rianimazione. Mostrò a sua figlia come premere con le mani sul torace dell'annegato contando ad alta voce, mentre lui si preparava per la respirazione bocca a bocca. Per un attimo, prima di tastare il polso carotideo del ragazzo e rendersi conto che ci sarebbe stato bisogno di una tipica stimolazione cardio-polmonare, aveva pensato di utilizzare un diverso tipo di tecnica. Durante i corsi di aggiornamento all'ospedale municipale, era sempre lui a tenere la dimostrazione pratica del vecchio metodo Hoegher-Nilsen indicato per i casi di annegamento. Tuttavia, in quell'occasione, aveva già rinunciato alla tecnica Hoegher-Nilsen per permettere alla figlia di procedere col massaggio cardiaco, si era piegato sulla sua pancia da cinquantenne e con le mani aveva spinto in avanti la mandibola del giovane per impedire alla lingua di ostruire la trachea. In quel momento fu orgoglioso di poter dimostrare ai suoi ragazzi che non era un vecchio arnese dopo che durante le cariche ingiustificate della polizia si era dovuto limitare a fuggire. Conseguire il diploma di primo soccorso era stato uno dei modi in cui aveva cercato di non regalare tutto il suo tempo libero ai supermercati, alla tv, alla birra Schulttheiss e alla depressione dopo il divorzio dalla moglie. Alle prime pressioni sul torace, Chris vide fuoriuscire l'acqua dalla bocca del ragazzo e allora la svuotò, spostandogli la testa di lato. Tenendogli ben chiuse le narici, continuò a insufflare aria nella trachea, attenendosi al ritmo di due ventilazioni ogni dieci percussioni che la figlia contava ad alta voce. In alto, i gabbiani volteggiavano, strepitando al vento che girava da nord, e sembravano partecipare all'agitazione degli uomini sotto di loro. Da una macchia di rosmarino, due pattugliatori si librarono rapidi verso il largo e l'intero stormo li seguì nel vento nuovo, a pescare tra i branchi argentati di acciughe che i loro compagni avevano avvistato. Ai piedi della barriera, ora che il mare si andava placando, Mike si era messo a sedere su uno scoglio, le onde si ritiravano come guerrieri da un assedio e, a quella vista, il suo animo ancora eccitato dall'impresa, iniziò a distendersi. Il primo pensiero corse alla ragazza italiana, alla crisi isterica che l'aveva colta nell'apprendere che il ragazzo che stava trainando a riva non era quello che credeva lei. Alla concitazione e al pericolo di quella situazione, Mike aveva reagito scagliandosi sul corpo che galleggiava sopra di lui e trascinandolo subito a riva, senza chiedersi altro, fendendo l'acqua, trapassando ogni dilemma. Adesso che stava riprendendo fiato, si chiese cosa ne fosse della ragazza e dell'altro, rapito via da un'onda grossa, la cui salvezza lei aveva reclamato con dolore. Mentre sua sorella, là dietro, contava con foga, Mike non riuscì a scorgere traccia dei due italiani sul mare ormai piatto, pur continuando a nutrire speranze per la ragazza che gli era sembrata una buona nuotatrice. Levandosi in piedi, lanciò qualche sciocco segnale di richiamo, ma gli mancava ancora il fiato. Lasciò perdere, limitandosi a fissare il mare che sembrava celare tra le fauci le sue vittime. In quella calma improvvisa, lo colse di nuovo l'impeto ad agire, c'erano ancora due dispersi da ritrovare, si disse, mentre udiva dietro di sé i tentativi ossessivi di suo padre e di sua sorella sul corpo del giovane strappato al mare. A quel punto, senza una barca non poteva fare altro che aspettare l'esito naturale degli eventi e, per la prima volta, un senso di impotenza lo assalì, convertendosi in una rabbia che avrebbe voluto sfogare contro uno di quei poliziotti che, nella sua mente, non avevano ancora cessato di caricare. Se durante gli scontri avesse indossato una delle loro tute imbottite e il casco dalla visiera ampia, allora sì che lo scontro sarebbe stato pari e lui non sarebbe fuggito come era stato costretto a fare. Gli sbirri si erano avvalsi della superiorità nell'equipaggiamento oltre che di quella numerica, fiondandosi in tre, in cinque su uno e atterrandolo a forza di calci e manganellate. Del resto, anche pareggiandoli per numero, gli sbirri avrebbero tratto altre risorse dal cilindro magico dello Stato da cui dipendevano. I colpi di tosse lo richiamarono alla realtà, capì che i suoi erano riusciti a rianimare il ragazzo e ne trovò conferma nell'incitamento di suo padre a cui seguì il mormorio delirante dell'annegato che riprendeva i sensi. Fu in quell'istante, un attimo prima di voltarsi e risalire la barriera di scogli, che Mike vide a una ventina di metri l'acqua ribollire, come se là sotto qualcosa stesse respirando. Mike era stupito, ma ancora più grande fu la sorpresa quando scorse, accanto alla macchia gorgogliante, la ragazza dispersa. Udì il suo urlo atterrito e la vide nuotare verso la costa, nel tentativo di sfuggire a qualcosa di terribile mentre, beffardo, il mare si era quietato lungo tutto l'orizzonte. Mike gridò a sua volta, poi chiamò suo padre, ma Chris già biascicava un «Mein Got!» mentre assisteva, dalle rocce più in alto, alla scena fantastica insieme a sua figlia che sorreggeva l'annegato boccheggiante. Dinanzi a loro, Beatrice stava nuotando in modo scomposto, senza più forze, lasciandosi alle spalle la plaga in fermento che si spostava al largo. Nei gorghi, a un tratto, si videro guizzare dei grossi pesci dai riflessi azzurrini, le ampie code nervose, veloci come saette che si intrecciavano in un miracolo di balzi. Vittorio mormorò «Tonni» tra sé e sé, come in un delirio febbrile. «Sono tonni». In quell'istante, il suono di un motore diesel a pieni giri annunciò il sopraggiungere di un barcone di legno che veniva a doppiare il capo da levante; sulla sua prua si agitavano due uomini alle prese con una rete da pesca, mentre il terzo al timone indicava i branchi di pesci in fuga. Non appena scorse l'imbarcazione, Mike esultò gridando a pieni polmoni e lo stesso fecero sua sorella e suo padre, le braccia disperatamente agitate verso l'equipaggio affinché soccorresse la ragazza in pericolo. Gli uomini sulla barca rimasero qualche secondo attoniti o forse ancora magnetizzati dalla prospettiva di una pesca munifica, ma, al clamore crescente del gruppo sugli scogli, uno di loro venne a tribordo e finalmente intese che gli veniva indicato qualcosa in mare. Quando individuò la ragazza, fece segno al timoniere di dirigersi nel punto, vincendo ogni indugio degli altri con il suo fervore. Rapida, al triplice suono di una sirena, la barca virò su Beatrice e lanciò subito la ciambella di salvataggio, rinunciando a inseguire i superbi branchi di tonni.

Alla guida della Bmw, Enzo pensava alla scatola con le fiale di morfina nascosta nel sottofondo del suo armadio di casa e al pensiero di una morte dolce da riservare a sé stesso e a Marcello. Seduto accanto a lui, il fratello masticava un chewingum e gli aveva appena chiesto di rallentare, preoccupato che la conferma della malattia potesse fargli commettere qualche sciocchezza. Nell'intento di rincuorarlo, prese a decantargli con allegria il prestigio dell'équipe medica della clinica dove Enzo si sarebbe ricoverato nel giro di una settimana. Mentre chiacchierava, provò di nuovo a chiamare al cellulare la figlia ma, non ottenendo risposta nemmeno questa volta, si lamentò con parole troppo rabbiose che tradivano l'inquietudine per l'eccessiva velocità a cui stavano viaggiando. D'un tratto, vista l'indifferenza del fratello alla richiesta di andare più piano, gli intimò di rallentare o di farlo scendere alla successiva stazione di servizio. Enzo fu quasi tentato di rispondergli che l'avrebbe volentieri scaricato anche alla prima area di emergenza, ma i suoi sentimenti erano così distanti in quel momento che non se la sentì di rivolgerli a una polemica del genere. Così, senza batter ciglio, decelerò, mentre confessava a sé stesso che non avrebbe mai trovato il coraggio per ammazzarsi con quelle fiale e che si sarebbe umiliato per sopravvivere anche un solo minuto in più, come facevano tutti. Ci fu una pausa di silenzio, Enzo abbassò la temperatura dell'aria condizionata e udì Giovanni biascicare delle scuse, ma non gli rispose. Mentre si domandava come darsi quel coraggio che non sentiva nei suoi nervi, avvistò nello specchietto retrovisore una Mercedes affamata di strada che lo superò e, in breve, sparì oltre la curva, lasciandolo alle sue solitarie elucubrazioni.

Quindici minuti dopo, nell'autogrill, attese in auto che suo fratello uscisse dalla toilette, mentre tentava di immaginare come sarebbe cambiata la sua vita per quel breve tratto che gli restava. Quando sua moglie era scomparsa, aveva vissuto interi mesi in un'atmosfera interiore rarefatta, ogni ora svilita, ogni azione vana. Poi, rassegnato a non controllare quegli stati d'animo, pian, piano tutto era passato, e aveva trovato un modo di uscirne. Sarebbe stato lo stesso anche adesso? Alla fine si sarebbe abituato alla propria condanna a morte, e in quanto tempo? Se voleva opporsi, se voleva evitare di diventare uno spettro intossicato da terapie devastanti, doveva agire subito o poco prima di assuefarsi a quella nuova idea di semivita? Poteva pensare di uscirne all'improvviso, attendendo un balzo, un guizzo di coraggio? Marcello non sarebbe vissuto a lungo, nessun down raggiungeva la durata media di una vita e, senza suo padre, il ragazzo non avrebbe resistito oltre un mese. O forse no? O forse lo stava sottovalutando?

Dandosi la morte avrebbe evitato sofferenze più grandi e più grandi umiliazioni, ma non se ne sentiva il coraggio o non possedeva ancora abbastanza disperazione. E se anche fosse giunto a disporre di sé, avrebbe potuto decidere per suo figlio? Nel proprio caso era la migliore soluzione, la più etica, la più sana e dignitosa, anche se la difficoltà stava nel trasformare quell'incombenza in una scelta, prendendone su di sé tutto il peso. Era la scelta ad atterrirlo e non il suo esito, morire sarebbe morto, gli era stata annunciata una fine terribile e dolorosa, ma nel suo intimo egli preferiva lasciarsi consumare dall'orrore anziché recidere di propria mano quell'io profondo che non conosceva. L'avesse conosciuto, sarebbe stato diverso, forse sarebbe stato più facile sopprimerlo, invece era come intervenire su qualcosa che in fondo non gli competeva. Giudicava una forma di arroganza il togliersi la vita, giacché essa gli preesisteva, non poteva scacciarla come se ne fosse stato il padrone. Avrebbe dovuto far ricorso a un presuntuoso coraggio, a una sprezzante consapevolezza, condizioni ignote a uno che era stato un uomo mite e che continuava ad attingere da quel canone. Una cosa era certa, non poteva trascurare Marcello, sarebbe stato impossibile e vile, se avesse deciso di togliersi la vita prima che la vita stessa fuggisse, allora con lui si sarebbe addormentato anche suo figlio. Dormire, ecco sì, dormire, questa era la parola vera...

Giovanni tornò mangiucchiando un cono gelato e, leccandosi le labbra, chiese a Enzo se ne volesse uno anche lui, ottenendone un rifiuto distratto. Si controllò allo specchietto esterno eventuali macchie di cioccolata, mentre tornava a parlare di sua figlia Beatrice che voleva raggiungere al più presto per avere una testimonianza diretta dei fatti del raduno. Finito il gelato, stava per salire in macchina quando apparve alle sue spalle una donna di colore, alta su scarpe di corda e panno verde, prorompente di sensualità, avvolta in un vestito di cotone bianco elasticizzato che le lambiva il pube e lasciava intravedere il profilo di due seni giovani e pesanti. Doveva essere una prostituta per la disinvoltura con cui si rivolse a Giovanni, in un italiano stentato, chiedendo se potevano darle un passaggio in città, quasi certa della risposta positiva mentre posava già la mano sulla maniglia dello sportello. L'uomo rimase piacevolmente perplesso, scrutò un attimo le sue forme poderose e poi volse la testa verso l'interno dell'abitacolo, riferì al fratello la richiesta della ragazza, emulando con ironia l'inflessione africana.

«Non so» disse Enzo che, per la posizione in cui si trovava, aveva davanti agli occhi l'attaccatura bruna di quelle gambe.

«Non sappiamo» le ripeté, gaudente, suo fratello. Allora la ragazza, intuendo a chi era lasciata la decisione, si chinò sul finestrino anteriore, mostrando un volto deciso d'ebano con una piccola cicatrice chiara su un lato della fronte, strizzò l'occhiolino e disse «Portami... ti faccio un pompino».

Giovanni scoppiò in una risata d'imbarazzo mentre continuava ad ammirarle il sedere proclive, Enzo si precipitò a chiarire «Ti do un passaggio ma... il pompino no, lascia perdere».

Ma quella aveva già aperto lo sportello e prese posto di dietro, tirandosi la sua borsetta scura e dicendo qualcosa a proposito di preservativi. Giovanni si guardò intorno, come volesse controllare che nessuno avesse seguito la scena, poi entrò in auto con un sorrisino infantile sulle labbra, facendo segno a suo fratello di mettere in moto. Percorsero alcuni chilometri senza dirsi una parola, arrivare in città costituiva comunque una deviazione dal loro percorso, anche se di appena mezz'ora, nessuno dei due se n'era ancora pentito, quasi che avessero da scortare una starlette. La ragazza si accese una sigaretta ed Enzo non ebbe il coraggio di dirle che in quell'auto era proibito fumare, la osservava ogni tanto dallo specchietto retrovisore e lo sguardo di lei fuggiva oltre il finestrino, inquieto.

«Beh» esordì d'un tratto Giovanni. «Come ti chiami? Io sono Giovanni e lui è Enzo» parlò con un tale slancio da rendere evidente come per tutto il tempo fosse stato a escogitare un modo per rompere il ghiaccio.

«Dominique» rispose la ragazza e aggiunse, anticipando la domanda successiva, che veniva dalla Costa d'Avorio.

Giovanni si sistemò sul sedile in modo da potersi girare verso di lei e iniziò uno sproloquio generico su argomenti frivoli, dall'Africa agli italiani, dal caldo torrido ai cantanti di successo. Enzo percepiva quelle parole come il labile velo delle intenzioni sessuali di suo fratello, sentì il pomo d'Adamo andargli su e giù diverse volte di fronte a quella carnagione il cui odore aveva invaso l'intero abitacolo in un misto di sudore e nicotina. Dallo specchietto, provò a leggere sul viso di lei qualche reazione ma non ne trovò, la ragazza annuiva distrattamente a quei discorsi, aspirando dalla sigaretta con un'espressione curiosa, quasi ebete, che rivelava un leggero strabismo all'occhio destro. Si era sistemata sul sedile nel modo più disinvolto, slacciandosi le scarpe di panno per stendere i piedi come una reginetta su una dormeuse, pur mancando di grazia ed esilità. Enzo pensò che quel corpo era la sua carta di credito in una nazione che doveva sembrarle un supermarket fastoso rispetto al posto da cui proveniva, il suo portamento disinvolto era una risposta di pura professionalità alle continue sfide sessuali. Giovanni aveva preso a carezzarle le gambe senza interrompere quei ridicoli discorsi, dietro cui si schermiva, rispetto ai quali sembravano più onesti i rozzi atteggiamenti di un cliente arrapato. La ragazza rimase indifferente, sapeva che quello era il prezzo e, anzi, si chiese perché mai il maschio usasse tutte quelle parole prima di venire a incassare, le sembrava quasi una femminuccia con quei risolini idioti. In effetti, Giovanni era combattuto, si sentiva inadeguato alla situazione, benché tentato da quel corpo giovane e vitale che si offriva senza alcun indugio e che quasi era infastidito dalla propria sensualità. Sapeva che stava per commettere qualcosa di squallido, anche se ignorava che lo squallore sarebbe venuto proprio dal fatto di mantenere una parvenza di moralità. Alla fine, con un filo di voce, chiese a suo fratello di fermarsi alla prima piazzola di sosta e lì scese per montare di dietro, insieme alla ragazza. Dopo qualche minuto, mentre guidava, Enzo percepì lo schiudersi ritmato delle labbra di lei e sbirciò dallo specchietto la sua nuca andare su e giù, fermandosi ogni tanto per tirarsi da parte con la mano le sue piccole trecce corvine. Nessuno di quei due uomini avrebbe mai saputo che il suo nome non era Dominique e che non veniva dalla Costa D'Avorio, nemmeno che aveva diciassette anni e che stava fuggendo in città da sua sorella per chiederle d'intercedere presso la sua maîtresse che l'aveva affittata a un gruppo di albanesi. Giovanni si era rincantucciato in un angolo del sedile per sottrarsi al campo visivo del fratello attraverso lo specchietto, a causa di questa preoccupazione la prostituta aveva dovuto infilargli il preservativo sull'asta ancora poco eretta. Enzo, invece, continuò a guidare utilizzando solo il retrovisore esterno, era emozionato a tal punto che avvertiva un formicolio alle dita delle mani, cercò di immaginarsi cosa dire quando fosse venuto il suo turno.

Avvolta in un telo di spugna, Beatrice se ne stava seduta nel pozzetto del gozzo che l'aveva soccorsa, osservando la motovedetta della guardia costiera che si avvicinava, rapida, dalla costa caliginosa a nord. Non aveva detto una parola da quando era salita a bordo poco prima, aveva soltanto annuito a uno dei pescatori che le chiedeva se si sentisse bene, pure se era in preda a uno sconcerto inesprimibile. Si accorse delle sue dita livide mentre premeva l'ennesimo kleenex sul naso da cui l'emorragia andava coagulandosi, pallottole di carta, insanguinate, erano sparse qua e là per la poppa. Avrebbe avuto bisogno di qualcuno da stringere e tra le cui braccia piangere, sapeva che nel raggio di chilometri non esisteva una persona così, eppure ciò non aggiunse nulla alla sua disperazione. Appena il suo cuore si fosse un po' alleggerito, avrebbe telefonato a sua madre per chiederle di avvertire Enzo di quanto era accaduto, non se la sentiva di farlo lei, ancora le risuonava dentro, terribile, la voce di Marcello col messaggio lasciatole dallo zio: «Conto su di te». Eppure non era questo a toglierle ogni energia e a schiacciarla contro la paratia, disinteressandosi al fatto che la barca, col motore al minimo, perlustrasse lentamente la zona d'acqua dinanzi alla baia, in attesa della guardia costiera. Per adesso, regnava una confusione narcotizzante tra lei e la coscienza di ciò che sarebbe accaduto non appena la scomparsa di Marcello fosse divenuta per tutti una realtà. Come apprese in seguito, a quel punto si trovava ancora sotto l'effetto inebriante dell'apnea che si era ostinata a tenere durante la ricerca di suo cugino, una condizione che, a bordo di quella barca, non poteva immaginare, date le sue scarse conoscenze sugli effetti dell'immersione subacquea. La sua mente era occupata dalla ripetizione continua di un'immagine che non riusciva a qualificare ma che la teneva in una condizione di stupore o, come lo avrebbe poi definito il medico che la visitò, in uno stato di shock dovuto a ipossigenazione, attraverso cui stava osservando ogni cosa intorno come da una nuvola. Avvolta in quell'asciugamani, non era in uno stato di lucidità, gli elementi del mondo circostante e persino la vista sgradevole di Vittorio, accucciato su uno degli scogli di fronte, non riuscivano a scuoterla. Eppure ricordava benissimo il momento in cui si era resa conto che il corpo che veniva portato a riva non era quello di Marcello. Mentre si avvicinava al ragazzo tedesco le dimensioni di quelle spalle l'avevano messa già sull'avviso e, guardandogli il volto, infine, ne aveva avuta la drammatica certezza. Come in un obitorio al rovescio, dove si riconoscessero i vivi e non i morti, aveva afferrato la testa dell'annegato per i capelli e poi... era andata su tutte le furie, senza ancora comprendere perché fosse accaduto. Aveva realizzato subito che la presenza di Vittorio, lì, significava una condanna per suo cugino, avendo depistato tutti loro. A quel punto sarebbe stato inutile cercare di spiegare, e poi in che lingua e in che modo? Si era, dunque, lanciata alla ricerca di Marcello, con la sola forza della disperazione, maledicendo quel bastardo fascista e augurandogli di morire senza trovare pace. Ricordò che, sprovvista di zavorra, aveva dovuto sforzarsi per cercare di mantenere l'immersione, ma le era bastato nuotare poco al di sotto delle onde, scrutando in tutte le direzioni e, finché il mare rimase agitato, lottando contro la deriva continua. Le sembrava che l'aria le bastasse, solo ogni tanto si imponeva di tornare a rifiatare in superficie, forse proprio questa condizione aveva fatto sì che l'alto tasso di acidità e di anidride carbonica nel sangue la predisponessero a uno stato allucinatorio. Molti anni dopo, un giovane assistente del dipartimento di biochimica, conosciuto a una delle riunioni buddhiste che Beatrice avrebbe preso a frequentare più che trentenne, le spiegò che, pur mancando riscontri scientifici in materia, è però provato che in caso di ipossia l'aumento della percentuale di carbonio nel sangue produce stati ipnotici. Sebbene pochi minuti prima fosse stata sul punto di annegare a causa delle forti ondate, pian piano Beatrice iniziò a procedere nell'acqua senza alcuna esitazione, anzi decisa e in pieno controllo del proprio corpo. La secrezione ormonale di adrenalina, in quel frangente, oltre a spiegare la straordinaria prestazione fisica, potrebbe essere stata, secondo alcuni, un'ulteriore causa euforica e allucinatoria. In seguito ricordò che la sua mente aveva continuato a lavorare forsennatamente per tutta la durata dell'immersione, i pensieri si erano scatenati dentro di lei, tanto da farle perdere la cognizione del tempo ed esporla al rischio di annegamento. Ne avrebbe riparlato come di una specie di delirio febbrile in cui volti, voci e colori si sovrapponevano o correvano come proiettili sparati via senza controllo e senza meta. In quei minuti, si avvicendarono in lei le immagini e le voci di Marcello, di Vittorio e del suo Troilo, tutti con una valenza diversa ma con uno stesso movimento che li portava a ingrandirsi e poi a svanire, man mano che lottava contro la pressione dell'acqua che la sospingeva in alto. Ma tutto ciò lei non lo aveva vissuto con la nitidezza del racconto che ne avrebbe fatto, in quei minuti Beatrice aveva agito come una macchina corporea, alimentata dalla tensione a ritrovare Marcello, in cui ogni funzione veniva subordinata a una forza oscura, tale da spingerla al sacrificio della sua stessa vita. Lo psicanalista che la tenne in cura, mesi dopo, le spiegò che, in una condizione di alterazione di coscienza, un'idea fissa può anche prendere forma allucinatoria, le fece l'esempio dei mistici medievali che, mortificando il loro corpo con privazioni e supplizi, si procuravano le condizioni fisiologiche per raggiungere visioni estatiche. Lo stesso psicanalista le illustrò che il contenuto di tali allucinazioni è spesso ingiurioso verso lo stesso soggetto che le produce se hanno origine da intossicazioni che mettano seriamente a rischio la vita. Ma fu uno psichiatra simpatico, che intrattenne con la madre di Beatrice un'allegra relazione sentimentale, a chiarirle che la sua non era stata un'allucinazione, bensì una percezione delirante, ovvero una contraffazione sensoriale della realtà esterna oggettiva. In pratica, la teoria affermava che ciò a cui aveva assistito era per metà vero e per metà falso, e che, come lo specialista suggerì, non esistevano significati reconditi, il solo aspetto interessante riguardava la parte vera. Nessuna di queste spiegazioni, tuttavia, fossero di natura biochimica o psichica, persuasero mai del tutto Beatrice che la sua era stata un'allucinazione. Questo dubbio pesò sul suo equilibrio mentale, tanto da valerle una diagnosi di "depressione nevrotica", manifestata da improvvisi attacchi di panico che durarono fino alla nascita del suo primo figlio. Del resto il trauma era motivato, il corpo di Marcello non fu mai ritrovato, malgrado le accurate ricerche, e quando suo padre si tolse la vita sei mesi dopo, pur essendone ormai nota la malattia, nessuno osò supporre che vi fosse altra causa che il dolore per la tragica fine del figlio. A lui, Beatrice non raccontò mai nulla della visione né commentò quella disgrazia, non ne ebbe mai il coraggio e soprattutto lo ritenne irrispettoso per la sua sofferenza. Nemmeno la notizia, per lei amara, che suo zio aveva stretto un sodalizio con Vittorio, facendogli in pratica prendere il posto di Marcello nella propria casa fino a lasciargliela in eredità, riuscì a farla recedere dal suo proposito. Enzo non volle mai cercare in lei, che pure vi era stata legata, il ricordo di suo figlio, dopo quei giorni infausti non si incontrarono più e Beatrice non si recò nemmeno al suo funerale, sia perché le fu sconsigliato dallo psicanalista, sia per i motivi di rancore che serbò tutta la vita nei confronti di Vittorio. La ragazza lo ritenne sempre responsabile, con quel suo tuffo maldestro, di aver ostacolato le residue possibilità di trarre in salvo il cugino, e una volta che ne parlò con un amico ebbe a dire che in fondo era il ruolo di persone del genere: costringere gli altri a girare in tondo o a tornare indietro. Quindici anni dopo, quando fu madre di una bambina a cui aveva osato mettere il nome di Marcella senza spiegarne la ragione al proprio compagno, Beatrice apprese le prime notizie su Vittorio. Seppe che grazie all'iniziale benevolenza di Enzo che lo aveva introdotto nel settore, ma anche per la propria determinazione, era diventato titolare di una società di consulenza finanziaria e, attualmente, aveva buone possibilità di essere eletto consigliere comunale del maggior partito della destra. Quando suo padre le raccontò i fatti appresi da un vecchio amico di Enzo, l'oscuro commento di Beatrice fu che col tempo aveva compreso cosa avesse voluto dire Marcello l'ultima volta, omettendo però di scendere nei dettagli della profezia espressa da un semplice gesto. La verità è che quella visione, vera o falsa che fosse, non la abbandonò per il resto dei suoi giorni, l'immagine rimase vivida nella sua memoria anche quando cessò di ripensarvi.

Accadde più o meno allorché il vento aveva iniziato a girare, allo scirocco che sino ad allora agitava le onde subentrò una fresca brezza da nord, smorzando la furia del mare. In quel momento, Mike stava ancora riposando su uno scoglio, mentre suo padre e sua sorella erano intenti a prestare soccorso a Vittorio. Durante la sua disperata perlustrazione, Beatrice era già venuta a galla due volte per rifornirsi d'aria, ma un misto di angoscia e speranza l'avevano subito risospinta sott'acqua, pressata dall'urgenza di fare in fretta. Aveva inspirato attraverso le narici, con un'ossigenazione sommaria, e si era appena rituffata in prossimità di un gruppo sommerso di rocce. Cercava di bilanciare la spinta emersiva a furia di bracciate vigorose, quando credette di scorgere qualcosa alla sua sinistra, e voltandosi notò un corpo nuotare a due, tre metri più in basso. Riconobbe suo cugino Marcello, il costume, la chioma e le scarpe da ginnastica che ancora portava ai piedi lo confermavano. Nel vederlo vivo e vegeto fu invasa da una prorompente euforia e la bocca esplose in grappoli d'ossigeno mentre urlava il suo nome sott'acqua. Quel suono cupo e vibrante dovette propagarsi fino a lui che, fermatosi, sollevò il capo e mostrò i tratti sfumati dall'ambiente subacqueo, fissandola come se non ravvisasse in lei nulla di familiare. Beatrice sorrise a denti stretti e agitò le mani, lieta, con movimenti ridicoli e lenti, ai quali la massa liquida la costringeva, spingendola di continuo in superficie. Placatesi le onde, percepì il silenzio che li circondava, i suoi pensieri ossessivi erano svaniti e la mente esultava alla gioia di aver ritrovato Marcello. Questi però restò impassibile, in piedi su una guglia di granito che si levava dalle rocce sottostanti, guardava senza fare alcun movimento. Beatrice, intanto, cercava di resistere alla spinta che la allontanava sempre più da lui, incapace di cogliere l'assurdità della situazione. Con uno scatto di rabbia che le provocò una fitta al petto, indicò a suo cugino la superficie, incitandolo a raggiungerla. Marcello aggrottò le ciglia, sembrava perplesso, ma d'un tratto abbassò il capo verso gli scogli. Fu come se avesse riconosciuto qualcosa di confortante avvicinarsi, perché questa volta tornò a girarsi con un sorriso sulle labbra e Beatrice poté scorgere un'ombra che risaliva dal buio della profondità. Atterrita, le sembrò di riconoscere il ragazzo, Troilo, nello stesso aspetto con cui le era apparso in sogno, vestito di una corazza leggera e con una daga luccicante stretta nella mano destra. Era giunto al fianco di Marcello e, con quel fare animoso e candido della gioventù, gli stava comunicando ciò che sembrava un segreto tra loro due. Beatrice inorridì nel vedersi, all'improvviso, una bolla di sangue davanti agli occhi e, se non avesse realizzato che fuoriusciva dalle proprie narici, i sensi le sarebbe venuti meno dal terrore. Intanto l'asfissia era diventata insopportabile e la ragazza risalì per dare sollievo all'anelito dei polmoni affamati d'aria. Si rituffò ancora, incurante del rischio e, con gli occhi che le bruciavano, scorse di nuovo le due figure lì dove le aveva lasciate, ma ora affiancate da una colonna di bollicine gassose che si levava dalle profondità. Provò ancora a urlare il nome di suo cugino e, quando quello levò il viso, indugiando a individuarla sopra di sé, gli indicò ancora, con disperazione, la superficie. Ma si interruppe nell'avvertire un tremore crescente dal basso e, sbalordita, si accorse che, come rispondendo a un richiamo, tutta la plaga sottostante si riempiva di enormi pesci, guizzanti e per niente spaventati dalle presenze umane. In branco fitto, correvano verso una stessa meta e, pur non emettendo alcun suono, colmarono lo specchio d'acqua di luci e di ombre che si inseguivano tra loro. Erano della medesima specie, rilucenti di una corazza spessa e crettata sul manto celestino, di dimensioni diverse, mai più corti di un braccio e più larghi di un pugno, frotta impetuosa e mirabolante di sguardi gelidi che racchiudevano la stessa essenza del mare intorno. Sfilando come saette al di sotto di Beatrice, avvolsero nel loro impeto i due ragazzi, mentre miriadi di mulinelli d'acqua zampillavano dagli improvvisi scatti. In quel tumulto, la ragazza gridò ancora, cercando di scorgere suo cugino nella trama fitta di creature marine e quando vi riuscì, egli, per nulla turbato, con una celia paziente sul volto, la osservò fargli l'ennesimo gesto d'invito a risalire in superficie. Proprio allora, si fermò al fianco di Marcello un grosso pescespada, dal sinuoso e oblungo corpo, dalle forme più fantasmagoriche delle altre intorno, al fremito delle quali i suoi chilogrammi immacolati di carne si arcuarono e offrirono al giovane il dorso come sella. Troilo, intanto, era già montato su un secondo pescespada e si teneva con una mano alla pinna dorsale, mentre, col piatto della sua daga, carezzava le branchie pulsanti. Con un balzo, Marcello prese posto anche lui e, in breve, i due destrieri marini si trovarono affiancati, coi rostri impetuosi e i cavalieri in groppa. Stupefatta, nel tentativo estremo di trarre in salvo suo cugino, Beatrice nuotò verso il basso, lasciandosi dietro la scia di sangue scuro e denso che le usciva dalle narici. Ma capì di non disporre delle forze per quell'ennesimo sforzo e, timorosa della massa di pesci che scorreva in un flusso incessante, alla fine si lasciò respingere in alto dalla pressione, urlando ancora e soffiando aria nell'acqua. Quando Marcello si volse, tragica e gloriosa figura a cavallo della creatura pinnata, lei gli indicò la superficie verso cui veniva risucchiata, pregandolo con tutta sé stessa affinché la seguisse lassù, all'aria, alla luce, alla vita. L'altro sfarfallò le ciglia e, sollevata la mano sinistra, sorrise, picchiettandosi l'indice contro la tempia, in un gesto di insulto scherzoso. Sebbene allo stremo, la ragazza intuì si trattasse del suo definitivo rifiuto, un rifiuto non a lei soltanto ma al mondo intero per quello che era e per quello che sarebbe stato. Dopo un istante, dal cuore del branco in corsa, i due pescispada partirono con Marcello e Troilo ritti in sella, impennandosi e guidando verso l'alto la retroguardia che sopraggiungeva. Beatrice si ritrovò sulla traiettoria di quell'orda che puntava al ciglio del mare, e allora l'assalì l'idea orrenda di poter essere trafitta dalla lama di uno dei due destrieri. Disperata, risalì in tutta fretta i pochi metri che le restavano, certa che quelli l'avrebbero presa in velocità mentre già il mare ribolliva del loro slancio. La raggiunsero in un baleno prima ancora che emergesse, ma senza recarle danno, scorrendole lungo il corpo, mentre alcuni dei pesci saltavano fuori dall'acqua al crogiolo solare. Non distinse più nulla, trovò la luce e l'aria bruciante che i suoi polmoni bevvero avidamente, continuando la fuga, lontano da quella chimera, da quegli spettri e dalla sua folle missione di soccorso. Mike l'aveva già avvistata e segnalata agli altri, Vittorio si era levato in piedi con l'aiuto della giovane tedesca, riconoscendo che si trattava di branchi di tonni. Il giovane, ancora in stato confusionale, ricordava ben poco di ciò che gli era accaduto, non aveva notato Beatrice, non rammentava nulla di Marcello e per qualche secondo credette di trovarsi su una barca, insieme a suo fratello, al largo di Gaeta. La concitazione e le urla in direzione del natante lo riscossero, tutto si ricompose gradualmente e dopo qualche minuto era lucido e in grado di ricostruire gli eventi. Assistette al salvataggio di Beatrice con sollevato distacco, concluse che con lei Marcello aveva avuto poche speranze e fu il primo a rassegnarsi alla sua morte, sapendo che il fisico del ragazzo non avrebbe mai resistito, anche se seguì con accanimento la ricerca dei due sub che la Marina aveva inviato sul posto. Dopo un'ora, fu lui a telefonare a Enzo per dirgli che c'era stata una disgrazia. Non trovando le parole adatte, quando lo vide lo abbracciò tanto forte da togliergli il respiro, scoppiando in lacrime prima ancora che quello fosse informato della disgrazia. Aveva già pianto in precedenza, facendosi da parte per pudore, come un bambino, mordendosi l'interno delle guance mentre singhiozzava «Er mongoloide... er mongoloide bello». Solo quando si recarono alla caserma dei carabinieri per il verbale, dopo aver rifiutato un controllo in ospedale, Vittorio prese in disparte Mike e lo ringraziò, commosso. I due scambiarono qualche parola su quanto era accaduto, ma la situazione delicata e la scarsa dimestichezza con la lingua inglese, fecero sì che la cosa cadesse nel vuoto. Dopo che la famiglia tedesca fu partita, Vittorio si rammaricò di non aver chiesto a Mike l'indirizzo, ma in seguito non pensò mai più a lui e, riguardo al proprio malore, se talvolta ne parlò, lo fece arretrandolo sempre di più nella successione temporale degli eventi di quel giorno, fino a situarlo in un momento precedente alla caduta di Marcello tra le onde. A qualcuno dei suoi amici mostrò il trafiletto con la notizia ritagliato dal giornale locale, spiegando la sua sincope, che pure non era citata, come l'effetto di una malattia di cui aveva scoperto di soffrire. Da quel giorno, infatti, smise di fare immersioni subacquee, anche se le visite mediche continuarono a ritenerlo in ottima salute, mentre, finché gli impegni di lavoro glielo consentirono, si offrì per servizi di volontariato nella parrocchia del suo quartiere, rifiutando però sempre di assistere i disabili. Passò tutta la notte seduto fuori della sala di rianimazione in cui Enzo venne ricoverato d'urgenza, dopo che la sua infermiera privata si era accorta che aveva ingerito due scatole di Gardenale, un antiepilettico che aveva preferito alla dose massiccia di morfina. Vittorio, malgrado fosse lì in attesa, apprese della sua morte solo un'ora dopo che era avvenuta, perché nessuno dei paramedici lo aveva qualificato come familiare. Alla notizia, scoppiò in un pianto a dirotto, dimostrando che il suo affetto per Enzo era stato sempre sincero. Aveva ascoltato da quell'uomo molti discorsi durante i sei mesi in cui gli era stato al fianco, e fu in fondo grazie a lui che in seguito divenne un moderato di destra e non guardò più con sprezzante soddisfazione alla sua bacheca di oggetti e statuine dell'impero fascista. Della casa che ricevette in eredità gli fu per sempre grato, prima ancora di sapere del lascito, mentì per convincere il parroco che Enzo era morto a causa della malattia e non suicida, affinché ricevesse la benedizione in chiesa. Pur senza confidarlo a nessuno, nutrì sempre il sospetto che Enzo avesse nei suoi confronti un'attrazione omosessuale ma, mentre era ancora in vita, colpì con una testata un camerata che l'aveva insinuato e smise poi di frequentare la sezione politica per sempre. Qualche mese prima, Giovanni aveva chiesto al fratello come mai fosse legato a un ragazzo così distante dalle sue idee. «È un tipo con uno scopo nella vita» fu la sua risposta. «Che ci piaccia o meno. È proprio il contrario di persone come me e te...».

Le turbine della motovedetta agitarono le acque al loro passaggio, i tre pescatori nel gozzo dovettero reggersi contro il rollio causato dalle onde. Beatrice, seduta al sicuro nel pozzetto, era ipnotizzata dalla sagoma marziale dello scafo che faceva il suo ingresso nella piccola baia. Rabbrividì al pensiero che macchine e uomini simili l'avevano assalita, solo pochi giorni prima, per imprimere un marchio di paura e dolore nel suo corpo. Percorrendo con lo sguardo la stazza della nave, immaginò la temperatura incandescente del boccaglio a poppa che, con un sibilo ad alta frequenza, scaricava acqua e gas dal ciclo dei motori, e le sembrò di vedere le pompe, i congegni e gli strumenti, in azione sottocoperta. La sua coscienza era ancora dilatata su un altrove, il varco andava pian piano richiudendosi sotto il richiamo della realtà, sebbene lei potesse ancora sperimentare quanto abile fosse la mente a dipingere fenomeni da ogni sorta di impulso. In quegli attimi, ogni cosa intorno le appariva composta di fremiti in equilibrio o in fuga, e il suo silenzio non era che l'effetto della loro contemplazione. Il medico saltò a bordo dalla motovedetta, avanzò a tentoni, ignorando il pescatore che gli offriva una mano in appoggio, e prese posto davanti alla ragazza, con calma. Le afferrò il braccio, tastandole il polso mentre le chiedeva il suo nome e in che anno si trovassero. Lei sollevò il viso, fissò l'ufficiale nella sua divisa estiva un po' stropicciata e, mostrandogli le pupille dilatate, sussurrò «Sono andata nella morte».

Ormai a miglia di distanza, i branchi di tonni fendevano le acque indisturbati, sempre più lontani dalle coste ed eludendo le tiepide acque insulari, al fiuto di un tumulto di acciughe che gli correvano innanzi. Quell'anno, nessuno dei consueti passaggi stagionali li avrebbe avvistati, le reti delle crudeli mattanze sarebbero rimaste vuote, suscitando l'allarme delle autorità locali e della stampa. Nello stretto di Gibilterra, alla profondità delle correnti marine in uscita dal Mediterraneo, armenti palpitanti avrebbero raggiunto l'oceano, mai più nuotando, nella loro breve esistenza di fuga, al cospetto dell'ulivo, del leccio, dell'oleandro e del pino. Lì, il padre Atlantico, irto di tempeste e uragani, li avrebbe radunati in coorti sconfinate, offrendo ai più audaci il riparo insondabile dei suoi abissi.

Nota sull'Autore

Maurizio Braucci è nato a Napoli nel 1966. Il suo primo romanzo, Il mare guasto*, ha vinto nel 1999 il Premio Arezzo, nel 2001 il Premio "Ultima Frontiera" Volterra, e nel 2002 il Prix du livre "Arte Mare" Bastia. È stato tradotto in Francia dalle Éditions Métailié.*

Indice

edizioni e/o

edizioni e/o - Via Camozzi, 1 - 00195 Roma
tel. 06-3722829 – 06-37351096
email: info@edizionieo.it
www.edizionieo.it

Letterature africane

C. Achebe, *Il crollo*
B. B. Diop, *Murambi, il libro delle ossa*
C. H. Kane, *L'ambigua avventura*
A. Kourouma, *Aspettando il voto delle bestie selvagge*
A. Kourouma, *Allah non è mica obbligato*
A. Ndione, *Vita a spirale*
A. Ndione, *Ramata*

Letterature nord-africane e arabe

AA. VV., *Rose d'Arabia*
AA. VV., *Rose del Cairo*
AA. VV., *Rose del Maghreb*
A. Chedid, *La casa senza radici*
E. Chimenti, *Al cuore dell'harem*
A. Chouaki, *La stella d'Algeri*
A. Cossery, *Mendicanti e orgogliosi*
Y. Khadra, *Morituri*
Y. Khadra, *Doppio bianco*
S. Nassib, *Ti ho amata per la tua voce*

Letteratura israeliana

O. Castel-Bloom, *Parti umane*
E. Keret, *Pizzeria Kamikaze*
S. Liebrecht, *Prove d'amore*
S. Liebrecht, *Mele dal deserto*
S. Liebrecht, *Donne da un catalogo*
E. Mazya, *Esplosione cosmica*
B. Tammuz, *Il frutteto*
B. Tammuz, *Il minotauro*
B. Tammuz, *Requiem per Naaman*
B. Tammuz, *Londra*
D. Vogel, *Davanti al mare*

Letteratura praghese

H. Binder, *Guida letteraria di Praga*
M. Brod, *Il circolo di Praga*
B. Hrabal, *Treni strettamente sorvegliati*
B. Hrabal, *Ho servito il re d'Inghilterra*
B. Hrabal, *La tonsura*
B. Hrabal, *L'uragano di novembre*
B. Hrabal, *La cittadina dove il tempo si è fermato*
B. Hrabal, *Un tenero barbaro*
B. Hrabal, *Paure totali*
B. Hrabal, *Sanguinose ballate e miracolose leggende*
E. E. Kisch, *Alla fiera del sensazionale*
L. Klíma, *I dolori del principe Sternenhoch*
F. Langer, *Leggende praghesi*
V. Linhartová, *Ritratti carnivori*
V. Nezval, *Valeria*
O. Pavel, *Il grande vagabondo delle acque*
L. Perutz, *Di notte sotto il ponte di pietra*
R. M. Rilke, *Due storie praghesi*
A. M. Ripellino, *Storia della poesia ceca contemporanea*
J. Seifert, *La colonna della peste*
J. Seifert, *L'ombrello di Piccadilly*

Letteratura polacca

S. Benski, *La parte più importante*
K. Brandys, *Mesi*
K. Brandys, *Rondò*
K. Brandys, *Sansone*
K. Brandys, *Variazioni postali*
K. Brandys, *L'arte di farsi amare*
K. Brandys, *Hotel d'Alsace*
K. Brandys, *L'arte della conversazione*
K. Brandys, *Le avventure di Robinson*
J. Ficowski, *Il rametto dell'albero del sole*
W. Gombrowicz, *Parigi-Berlino*
H. Grynberg, *La guerra degli ebrei*
H. Panas, *Il Vangelo secondo Giuda*
J. Potocki, *Viaggio in Turchia, in Egitto e in Marocco*
J. Stryjkowski, *Austeria*
J. Stryjkowski, *L'uomo venuto da Narbona*
J. Stryjkowski, *Tommaso del Cavaliere*
A. Szczypiorski, *Messa per la città di Arras*
O. Tokarczuk, *Dio, il tempo, gli uomini e gli angeli*

Letteratura rumena

P. Istrati, *Il bruto*

Letteratura ungherese

B. Balázs, *Il libro delle meraviglie*

Á. Bodor, *Il distretto di Sinistra*
G. Csáth, *Oppio e altre storie*
P. Esterházy, *I verbi ausiliari del cuore*
Gy. Kardos, *I sette giorni di Avraham Bogatir*
D. Kosztolányi, *Le mirabolanti avventure di Kornél*
F. Molnár, *Danubio blu*
M. Mészöly, *Saulo*
I. Örkény, *Novelle da un minuto*
I. Örkény, *Giochi di gatti*
G. Ottlik, *Scuola sulla frontiera*
A. Szerb, *La leggenda di Pendragon*
A. Szerb, *Il viaggiatore e il chiaro di luna*

Letteratura serbocroata

B. Ćosić, *Il ruolo della mia famiglia nella rivoluzione mondiale*
A. Tišma, *Scuola di empietà*

Letteratura yiddish

S. An-Ski, *Il Dibbuk*

Letteratura russa

M. Ageev, *Romanzo con cocaina*
S. Aleksievič, *Preghiera per Černobyl'*
S. Aleksievič, *Ragazzi di zinco*
A. Blok, A. Belyj, *Lettere 1903-1908*
V. Brjusov, *L'angelo di fuoco*
M. Cvetaeva, *L'Accalappiatopi*
F. Iskander, *Il tè e l'amore per il mare*
F. Iskander, *La notte e il giorno di Čik*
A. Kim, *Lo scoiattolo*
M. Kuzmin, *Vanja*
V. Makanin, *Un posto al sole*
V. Makanin, *Azzurro e rosso*
V. Makanin, *Il cunicolo*
A. Mariengof, *Romanzo senza bugie*
A. Platonov, *Il mare della giovinezza*
V. Rasputin, *Vivi e ricorda*
A. Remizov, *Diavoleria*
E. Sevela, *Perché non abbiamo il paradiso in terra*
A. N. Tolstoj, *Pietro il Grande*
L. N. Tolstoj, *Il divino e l'umano*
I. Turgenev, *Racconti fantastici*
L. Ulickaja, *La figlia di Buchara*
L. Ulickaja, *Sonja*

Letteratura tedesca

J. Haslinger, *Ballo all'Opera*
C. Hein, *L'amico estraneo*
C. Hein, *La fine di Horn*
C. Hein, *Il suonatore di tango*
C. Hein, *Esecuzione di un vitello*
C. Hein, *Fin da principio*
C. Hein, *Willenbrock*
V. Heinichen, *Morti del Carso*
J. Hermann, *Casa estiva, più tardi*
I. Morgner, *Nozze a Costantinopoli*
U. Peltzer, *Peccati di pigrizia*
P. Schneider, *Papà*
H. Schubert, *Donne giuda*
A. Seghers, *Transito*
A. Seghers, *Hans deve morire*
K. Tucholsky, *Il castello di Gripsholm*
M. Wander, *Una vita preziosa*
E. Weiss, *L'aristocratico*
E. Weiss, *Il testimone oculare*
C. Wolf, *Cassandra*
C. Wolf, *Che cosa resta*
C. Wolf, *Il cielo diviso*
C. Wolf, *Congedo dai fantasmi*
C. Wolf, *Guasto*
C. Wolf, *Medea. Voci*
C. Wolf, *Nessun luogo. Da nessuna parte*
C. Wolf, *Pini e sabbia del Brandeburgo*
C. Wolf, *Premesse a Cassandra*
C. Wolf, *Recita estiva*
C. Wolf, *Sotto i tigli*
C. Wolf, *Trama d'infanzia*
C. Wolf, *L'altra Medea*
C. Wolf, *In carne e ossa*

Letteratura austriaca

B. Frischmuth, *Il collegio delle suore*
M. Haushofer, *La parete*
M. Haushofer, *Un cielo senza fine*
M. Haushofer, *Abbiamo ucciso Stella*
M. Haushofer, *La mansarda*
F. von Saar, *Il sottotenente Burda*

Letterature della Svizzera

E. Allgöwer, *La tigre e il monaco buddista*
M. Moser, *L'isola delle cameriere*
M. Moser, *Cuori spezzati*
M. Moser, *La vita dei marinai*
N. Müller, *Perché questo è il brutto dell'amore*
N. Müller, *Una follia in quattro atti*
A. Schwarzenbach, *Morte in Persia*

Letteratura francese

M. Crespy, *I cacciatori di teste*

R. Grenier, *Le lacrime di Ulisse*
É. Holder, *Mademoiselle Chambon*
J-C. Izzo, *Casino totale*
J-C. Izzo, *Chourmo*
J-C. Izzo, *Solea*
J-C. Izzo, *Il sole dei morenti*
J-C. Izzo, *Marinai perduti*
J-C. Izzo, *Vivere stanca*
C. Pelletier, *Il canto del capro*
J-B. Pontalis, *Finestre*
E-E. Schmitt, *Monsieur Ibrahim e i fiori del Corano*
E-E. Schmitt, *Piccoli crimini coniugali*

Letteratura del Canada

S. Heighton, *Sul ring delle ombre*
Y. Martel, *Io, Paul e la storia del mondo*
A. Munro, *Chi ti credi di essere*
M. Richler, *Scegli il tuo nemico*

Letteratura dell'India

A. Desai, *Giochi al crepuscolo*
S. Tharoor, *Tumulto*

Letteratura del Vietnam

A. Moï, *L'eco delle risaie*

Letteratura dell'Irlanda

E. O'Brien, *La ragazza dagli occhi verdi*
E. O'Brien, *Ragazze nella felicità coniugale*
E. O'Brien, *Le stanze dei figli*
E. O'Brien, *Lanterna magica*

Letteratura degli Stati Uniti

J. Agee, *Una morte in famiglia*
N. Algren, *Mai venga il mattino*
D. Buckman, *Guerre americane*
J. Charyn, *Metropolis*
J. Charyn, *Il pesce gatto*
J. Charyn, *Marilyn la selvaggia*
E. S. Connell, *Mrs. Bridge*
M. Hong Kingston, *La donna guerriera*
C. Johnson, *Il racconto del mandriano*
B. A. Mason, *Laggiù*
L. Michaels, *Sylvia*
H. F. Mosher, *I misteri di Memphremagog*
J. C. Oates, *Sulla boxe*
J. C. Oates, *Un'educazione sentimentale*
J. C. Oates, *Marya*
J. C. Oates, *Figli randagi*
J. C. Oates, *Notturno*
T. Pynchon, *Un lento apprendistato*
T. Pynchon, *L'incanto del lotto 49*
S. Scoppettone, *Tutto quel che è tuo è mio*
S. Scoppettone, *Vendi cara la pelle*
S. Scoppettone, *Vacanze omicide*
S. Scoppettone, *Ti lascerò sempre*
S. Scoppettone, *Donato & figlia*
S. Scoppettone, *Tu, mia dolce irraggiungibile*
A. Sebold, *Amabili resti*
A. Sebold, *Lucky*
D. Stansberry, *Manifesto per chi muore*
P. Taylor, *L'antica foresta*
N. West, *Signorina Cuorinfranti*

Letteratura inglese

R. Maugham, *Il servo*

Letterature dei Caraibi

M. Condé, *La vita perfida*
R. Ferré, *Maldito amor*

Letteratura cubana

P. J. Gutiérrez, *Trilogia sporca dell'Avana*
P. J. Gutiérrez, *Il re dell'Avana*
P. J. Gutiérrez, *Animal tropical*
P. J. Gutiérrez, *Malinconia dei leoni*
P. J. Gutiérrez, *Carne di cane*

Letteratura spagnola

A. Martín, *I soldi di Dio*
J. M. de Prada, *Coños (Fiche)*
J. M. de Prada, *La tempesta*
J. M. de Prada, *Le maschere dell'eroe*
J. M. de Prada, *Gli angoli dell'aria*
J. M. de Prada, *Il silenzio del pattinatore*

Letteratura argentina

R. Arlt, *I sette pazzi*
G. Saccomanno, *Animali domestici*

Letteratura del Nicaragua

G. Belli, *La donna abitata*
G. Belli, *Sofía dei presagi*

G. Belli, *Waslala*
G. Belli, *L'occhio della donna*
G. Belli, *Il paese sotto la pelle*

Letteratura neogreca

A. Korteau, *Il libro dei vizi*

Letteratura cinese

AA. VV., *Rose di Cina*
Gu Hua, *La morte del re dei serpenti*
Lu Xun, *Fiori del mattino raccolti la sera*

Autori italiani

V. Aiolli, *Io e mio fratello*
V. Aiolli, *Luce profuga*
V. Aiolli, *A rotta di collo*
A. Belardinelli, *Specchio di terra*
S. Bonucci, *Voci d'un tempo*
M. Braucci, *Il mare guasto*
M. Braucci, *Una barca di uomini perfetti*
V. Bruno, *Mare e mare*
S. Cancellara, *Radicchio, Pinocchio*
F. Carbone, *Racconti di acqua e di neve*
M. Carlotto, *Il fuggiasco*
M. Carlotto, *La verità dell'Alligatore*
M. Carlotto, *Il mistero di Mangiabarche*
M. Carlotto, *Le irregolari*
M. Carlotto, *Nessuna cortesia all'uscita*
M. Carlotto, *Il corriere colombiano*
M. Carlotto, *Arrivederci amore, ciao*
M. Carlotto, *Il maestro di nodi*
M. Carlotto, *L'oscura immensità della morte*
G. Cherchi, *Basta poco per sentirsi soli*
M. Ciampo, *L'autunno delle spie*
D. Conoscenti, *La stanza dei lumini rossi*
P. Di Cara, *Isola nera*
E. Ferrante, *L'amore molesto*
E. Ferrante, *I giorni dell'abbandono*
E. Ferrante, *La frantumaglia*
G. Fofi, *La vera storia di Peter Pan*
V. Gebbia, *Estate di San Martino*
S. Lambiase, *Memorie di una guida turistica*
S. Lambiase, *C.G.D.C.T.*
L. Levi, *Una bambina e basta*
L. Levi, *Quasi un'estate*
L. Levi, *L'Albergo della Magnolia*
S. Quadrino, *Più che una figlia*
V. Razzini, *La ricchezza di Perdido*
M. Rossari, *Invano veritas*
M. Rufini, *Il lago*
T. Rinaldi Castro, *Il lungo ritorno*
P. Teobaldi, *Finte*
P. Teobaldi, *La discarica*
P. Teobaldi, *Il padre dei nomi*
B. Ventavoli, *Pornokiller*
B. Ventavoli, *Amaro Colf*
S. Vignato, *Le ali di Zux*

Vite narrate

S. Caracci, *Sylvia*
A. M. Moix, *Valzer nero*

Tascabili e/o

M. Ageev, *Romanzo con cocaina*
V. Aiolli, *Io e mio fratello*
S. Aleksievič, *Preghiera per Černobyl'*
E. Allgöwer, *La tigre e il monaco buddista*
Sh. An-Ski, *Il Dibbuk*
B. Balázs, *Il libro delle meraviglie*
N. Algren, *Le notti di Chicago*
H. de Balzac, *Il colonnello Chabert*
U. Barzaghi, *Senza vergogna*
Bechi, *Caccia grossa*
G. Belli, *La donna abitata*
G. Belli, *Sofía dei presagi*
G. Belli, *Waslala*
G. Belli, *Il paese sotto la pelle*
Brandys, Esterházy, Hein, Hrabal, Wolf, *Dall'est*
K. Brandys, *Rondò*
K. Brandys, *Hotel d'Alsace*
F. Carbone, *Reporter verde*
M. Carlotto, *Il fuggiasco*
M. Carlotto, *La verità dell'Alligatore*
M. Carlotto, *Il mistero di Mangiabarche*
M. Carlotto, *Le irregolari*
M. Carlotto, *Nessuna cortesia all'uscita*
M. Carlotto, *Il corriere colombiano*
M. Carlotto, *Arrivederci amore, ciao*
A. Čechov, *Racconti umoristici*
A. Čechov, *La signora col cagnolino*
J. Černá, *In culo oggi no*
G. Cherchi, *Basta poco per sentirsi soli*
E. Chimenti, *Al cuore dell'harem*
Colette, *Claudine a Parigi*
D. Conoscenti, *La stanza dei lumini rossi*
J. Conrad, *I duellanti*
G. Csáth, *Oppio e altre storie*
M. Cvetaeva, *L'Accalappiatopi*
A. Daudet, *Saffo*
E. Ferrante, *L'amore molesto*
G. Fofi, *Prima il pane*
G. Fofi, *Benché giovani*
G. Fofi, *Più stelle che in cielo*
G. Fofi-G. Lerner-M. Serra, *Maledetti giornalisti*
G. Giudici, *Andare in Cina a piedi*

P. J. Gutiérrez, *Trilogia sporca dell'Avana*
P. J. Gutiérrez, *Il re dell'Avana*
P. J. Gutiérrez, *Animal tropical*
A. Hacke, *Panini amari*
M. Haushofer, *La parete*
M. Haushofer, *Un cielo senza fine*
C. Hein, *L'amico estraneo*
C. Hein, *Il suonatore di tango*
C. Hein, *La fine di Horn*
M. Hong Kingston, *La donna guerriera*
B. Hrabal, *La cittadina dove il tempo si è fermato*
B. Hrabal, *Ho servito il re d'Inghilterra*
B. Hrabal, *Paure totali*
B. Hrabal, *La tonsura*
B. Hrabal, *Un tenero barbaro*
B. Hrabal, *Treni strettamente sorvegliati*
B. Hrabal, *L'uragano di novembre*
F. Iskander, *Il tè e l'amore per il mare*
J.-C. Izzo, *Casino totale*
J.-C. Izzo, *Chourmo*
J.-C. Izzo, *Solea*
Y. Khadra, *Morituri*
Y. Khadra, *Doppio bianco*
M. Kuzmin, *Vanja*
S. Lambiase, *C.G.D.C.T.*
A. Langer, *La scelta della convivenza*
F. Langer, *Leggende praghesi*
L. Levi, *Una bambina e basta*
L. Levi, *Se va via il re*
L. Levi, *Quasi un'estate*
L. Levi, *Tutti i giorni di tua vita*
L. Levi, *L'Albergo della Magnolia*
S. Liebrecht, *Prove d'amore*
M. Lombezzi, *Cieli di piombo*
Y. Martel, *Io, Paul e la storia del mondo*
don L. Milani, *La ricreazione*
F. Mistral, *Racconti e leggende provenzali*
F. Molnár, *Danubio blu*
M. Moser, *L'isola delle cameriere*
N. Müller, *Perché questo è il brutto dell'amore*
S. Nassib, *Ti ho amata per la tua voce*
V. Nezval, *Valeria*
J. C. Oates, *Un'educazione sentimentale*
J. C. Oates, *Figli randagi*
E. O'Brien, *Lanterna magica*
E. O'Brien, *La ragazza dagli occhi verdi*
E. O'Brien, *Ragazze felicità coniugale*
E. O'Brien, *Le stanze dei figli*
I. Örkény, *Novelle da un minuto*
L. Perutz, *Di notte sotto il ponte di pietra*
L. Pirandello, *L'imbecille*
A. Platonov, *Il mare della giovinezza*
J. Potocki, *Viaggio in Turchia, in Egitto e in Marocco*
J. M. de Prada, *Coños (Fiche)*
J. M. de Prada, *La tempesta*
T. Pynchon, *Entropia*
T. Pynchon, *L'incanto del lotto 49*
R. M. Rilke, *Due storie praghesi*
E. Rostand, *Cirano di Bergerac*
E. Salgari, *La bohème italiana*
S. Scoppettone, *Tutto quel che è tuo è mio*
S. Scoppettone, *Vendi cara la pelle*
S. Scoppettone, *Vacanze omicide*
S. Scoppettone, *Ti lascerò sempre*
A. Seghers, *Transito*
M. Serao, *La virtù di Checchina*
V. Serge, *Memorie di un rivoluzionario. 1901-1941*
S. Soldini, *Un'anima divisa in due*
W. Shawn, *La febbre*
D. Starnone, *Sottobanco*
A. Szerb, *La leggenda di Pendragon*
A. Szerb, *Il viaggiatore e il chiaro di luna*
B. Tammuz, *Il minotauro*
B. Tammuz, *Il frutteto*
B. Tammuz, *Requiem per Naaman*
B. Tammuz, *Londra*
P. Teobaldi, *La discarica*
L. N. Tolstoj, *Il diavolo*
L. Tufani, *Leggere donna*
I. Turgenev, *Racconti fantastici*
M. Twain, *Racconti comici*
M. Twain, *L'uomo che corruppe Hadleyburg*
L. Ulickaja, *Sonja*
B. Ventavoli, *Pornokiller*
B. Ventavoli, *Amaro Colf*
N. West, *Signorina Cuorinfranti*
C. Wolf, *Cassandra*
C. Wolf, *Il cielo diviso*
C. Wolf, *Guasto*
C. Wolf, *Nel cuore dell'Europa*
C. Wolf, *Recita estiva*
C. Wolf, *Premesse a Cassandra*
C. Wolf, *Trama d'infanzia*
C. Wolf, *Sotto i tigli*
C. Wolf, *Medea*
C. Wolf, *Riflessioni su Christa T.*
A. Yehoshua, *Ebreo, israeliano, sionista: concetti da precisare*
E. Zola, *Per una notte d'amore*

Finito di stampare il 2 marzo 2004
presso Arti Grafiche La Moderna
di Roma